谁椓满溪云

碑帖的另一种叙事

闫珍珍 著

山东画报出版社

济南

图书在版编目（CIP）数据

谁棹满溪云：碑帖的另一种叙事 / 闫珍珍著.
济南：山东画报出版社, 2025. 1. -- ISBN 978-7
-5474-4820-5

Ⅰ. I267.1

中国国家版本馆CIP数据核字第2024XT9806号

SHUIZHAO MANXIYUN:BEITIE DE LINGYIZHONG XUSHI

谁棹满溪云：碑帖的另一种叙事

闫珍珍 著

责任编辑 于 滢
装帧设计 ◎ 阡陌书店·姜鹏

出 版 人 张晓东
主管单位 山东出版传媒股份有限公司
出版发行 山东画报出版社
        社 址 济南市市中区舜耕路517号 邮编 250003
        电 话 总编室（0531）82098472
                市场部（0531）82098479
        网 址 http://www.hbcbs.com.cn
        电子信箱 hbcb@sdpress.com.cn
印 刷 济南新先锋彩印有限公司
规 格 148毫米×210毫米 32开
        8.375印张 69幅图 172千字
版 次 2025年1月第1版
印 次 2025年1月第1次印刷
书 号 ISBN 978-7-5474-4820-5
定 价 58.00元

自　序

　　一开始临帖时，眼里只有那些点画与线条。临得多了，难免会被其中的文字吸引，惊觉这是一个多么大的宝藏。

　　比如《九成宫醴泉铭》，第一次临写，并不懂写的什么。直到有一天读懂了这篇文章，才明白魏徵作为一名前太子的幕僚，为何能在唐太宗的凌烟阁二十四功臣里排名前四。他的直言敢谏，并不是无知者无畏，而是欲抑先扬、文采斐然，逻辑紧密、无懈可击。

　　我一直把《九成宫醴泉铭》当成应试作文不可多得的范本，它主题鲜明、层层递进，既展示了作者的知识储备，又彰显了独立思考的意识。

　　再比如被称作"小楷之祖"的《宣示表》，钟繇写它的时候，可以算作三朝元老了，可他面对刚刚上任的魏文帝曹丕，却如此瞻前顾后、犹豫不决，原因何在呢？其实，这不过是他的一种心理战术。当你读懂了这段历史，便读懂了《宣示表》，更会明白《上尊号碑》和《受禅表碑》所记载的故事。

还有曹植的《洛神赋》，一千多年来，抄写它的书家无数。"大令好写《洛神赋》，人间合有数本，惜乎未见其全。"大令就是王献之，他留下的最著名的楷书就是《十三行》，是残缺版的《洛神赋》。每个爱写《洛神赋》的男人背后，都有一个白月光和蚊子血的故事。

我少时临的第一个碑帖是《多宝塔碑》，不知道写的什么，只是因为颜真卿这个名字很好听。长大后看到《祭侄文稿》，竟然读到眼泪掉下来。这个叫"季明"的男孩，如果没有牺牲在安史之乱，一定能够儿孙满堂、光耀门庭的呀！

还有黄庭坚的《松风阁诗帖》，"依山筑阁见平川，夜阑箕斗插屋椽"。秋天该很好，你若尚在场，可惜的是，此时"东坡道人已沉泉"。

在黄山谷去松风阁的前一年，苏东坡获赦，从南往北返，到常州便去世了，而那时黄山谷也刚刚获赦，两人未能相见。当他看到美景想与人分享，懂他的那个人已经不在了。从此，"君埋泉下泥销骨，我寄人间雪满头"。

黄山谷专门在《寒食诗帖》作跋，这是两个男人的约定，最后一次对话，已经隔了一个时空。

……

每次看到古人的尺牍，我都想穿越回去，看看他们在想什么——

王羲之送给朋友三百枚橘子（《奉橘帖》），只是"霜未降未可多得"，这位朋友一定很喜欢吃酸吧？

杨凝式午睡醒来，小肥羊配韭花的外卖就送到了（《韭花帖》），古人大概是不用加班吧？

欧阳询晚年专门写下《晋书》里"张翰思鲈"那一段（《张翰帖》），是羡慕宦海中的人也有说走就走的勇气吗？

还有，宋皇室后裔赵孟頫后来做了元朝的大官，在抄写《与山巨源绝交书》时怀着怎样的心情？

罗兰·巴特说，"对人类来说，似乎任何材料都适合进行叙事"，对于书法尤其如此。书法的文字是可解读的文本，而其笔墨线条又是一种视觉呈现。文本和图像都是传播信息、表达感情的媒介，而有时候，这两种媒介还可以互文，成为我们了解古人的"双重证据"。

作为一名媒体从业者，我深深痴迷于这种媒介互文，虽然有时候，可爱的东西并不可信，而"可信者不可爱"（王国维语），但那些碑帖、那些闪闪发光的名字就在那里，强烈地吸引着我。

越是深入进去，越感受到自己学养的不足。近几年来，有幸在书法理论方面得到衣雪峰先生的指导，让我在书法创作和书法文章写作方面找到了方向，也让我把地上之材料、地下之新材料与史书、诗歌、文学串联起来进行观察的想法更加坚定。

我们当中有些人，可能一直对书法有兴趣，但从未拿起毛笔写过一个字；也许我们写了很久的字，却从没想过古人怎么写，或者为什么这样写。

但碑帖就是有这种魔力，它记载了一个个古人用力生活过的痕迹，随着岁月的沉淀渐渐清晰。见字如面，我们读懂了那些不动声色的冷暖。

就像王羲之在《兰亭序》里说的："每览昔人兴感之由，若合一契，未尝不临文嗟悼，不能喻之于怀。"

有次在故宫文华殿，看到一个人对着展柜中古人的墨迹，用手指一遍一遍在玻璃上书写，非常忘我。就连旁边有人偷偷给他录视频也毫无察觉。我一下子想到了钟繇的被子与虞世南的肚子，书法原本就是古今相通的文化密码啊。

碑帖本来就会说话。

目　录

第一章

怀乡·谁棹满溪云

扫断马蹄痕，衔回自闭门。

长枪江米熟，小树枣花春。

向壁悬如意，当帘阅角巾。

犬书曾去洛，鹤病悔游秦。

土甑封茶叶，山杯锁竹根。

不知船上月，谁棹满溪云？

——李贺《始为奉礼忆昌谷山居》

张翰和他的莼鲈之思

说走就走的旅行

欧阳询晚年，专门写下这样一个故事，后来被称为《张翰帖》，成为书法史上的名帖。东吴人姓张名翰，很有才，也擅长写文章。时人形容他的风格"纵任不拘"，像曹魏时期的步兵校尉阮籍一样，爱喝酒，又不愿意受世俗礼法约束，人们称他为"江东步兵"。有一天他对老乡顾荣说，时局动荡，谁都不知道明天与意外哪个先来。一旦扬名四海，再急流勇退就很难了。"吾本山林间人，无望于时，子善以明防前，以智虑后。"顾荣听完凄凄然。释文曰：

> 张翰字季鹰，吴郡人。有清才，善属文，而纵任不拘，时人号之为江东步兵。后谓同郡顾荣曰：天下纷纭，祸难未已。夫有四海之名者，求退良难。吾本山林间人，无望于时。子善以明防前，以智虑后。荣执其（疑缺"手"字）怆然，

張翰字季鷹吳郡人有
清才善屬文而縱任不拘
時人號之為江東步兵後
謂同郡顧榮曰天下紛紜
禍難未已夫有四海之名者
求退良難吾本山林間人
無望於時子善以明防前
以智慮後榮執其親其愴然
翰因見秋風起乃思吳中
菰菜鱸魚膾遂命駕而歸

《张翰帖》　［唐］欧阳询　纸本　25.1cm×31.7cm　故宫博物院藏

翰因见秋风起，乃思吴中菰菜鲈鱼，遂命驾而归[1]。

公元302年，皇室内斗，大臣遭殃，洛阳城内，人心惶惶。是年秋天，入职不到一年的张翰递上辞呈：秋天来了，想吃家乡的菰菜鲈鱼。"翰因见秋风起，乃思吴中菰菜鲈鱼，遂命驾而归。"

之后一千多年，再没有人把"躺平"解释得如此艺术又直白：莼鲈之思。

张翰，字季鹰，生于吴郡，有考证说他家大概就在现在的上海周庄以南。三国时期东吴有四大姓，分别是张、朱、陆、顾。《世说新语》中记载："吴四姓旧目云：张文，朱武，陆忠，顾厚。"基本上概括了这四大家族的特点。张家有张允、张温父子和张翰的父亲张俨，朱家有朱温，陆家有陆机的祖父陆逊、父亲陆抗，顾家有顾荣的祖父顾雍，这些人都是孙吴政权中的重要人物。

他的童年还算快乐，但父亲在他八岁左右就离世了。宝鼎元年（266）正月，吴主孙皓派张俨出使西晋，为晋文帝吊丧，张俨返回时病死途中。

张俨死后不久，西晋破吴，从此，张翰就跟陆机、顾荣这些小伙伴一样，成了亡国之余。父辈偏安江左就能实现的政治抱负，他们要到几千里之外的洛阳才能实现。

---

[1] 释文据故宫博物院官网，原帖残字据《晋书》补。此帖为唐人钩填本，笔墨厚重，锋棱稍差。

张翰很爱喝酒，受老庄影响颇深。有人问他，你整天喝酒，逃避现实，不为自己的身后之名考虑吗？他说："使我有身后名，不如即时一杯酒。"把活着的每一天过开心就行了，谁还管死后的事呢？

但他其实也希望有功名，执政事。顾荣、陆机都去洛阳求仕途了，只有他还待在苏州城，无所事事。有天他在金阊亭玩耍，被一阵琴声吸引，遂去搭讪。弹琴的是谁呢？是准备去洛阳上任的贺循。他们本不相识，可是一聊才知道，两人的父亲竟是同事。张俨任东吴大鸿胪时，贺循的父亲贺邵是中书令。贺邵是会稽人，他在吴郡任职时，遭遇"地域黑"，家门口被人贴上"会稽鸡，不能啼"。

那时候人们的观念重北轻南，张翰看到会稽的贺循都要去洛阳求功名了，不免有些心动。他对贺循说："吾亦有事北京。"不如一道吧？后来张家就找不到张翰了，一问才知道，他已经跟着贺循去洛阳了。

这样求职的方式，果然纵任不拘。但洛阳不是他想象中的样子，风沙大气候不好，司马家天天内斗，一不小心命都要搭上。他对顾荣说："人生贵得适意尔，何能羁宦数千里以要名爵！"

欧阳询《张翰帖》记录的这段，便是他向顾荣告别。《世说新语》和《晋书·张翰传》也记载了这个故事，不过后面还有一句："荣执其手，怆然曰：吾亦与子采南山蕨，饮三江水耳。"

莼鲈之思

他是第一个离开中原的吴人，秋风一起，他想起吴中的菰菜鲈鱼，便回了家。为什么选择秋天离开？仅仅是因为菰菜成熟、鲈鱼肥了吗？

张翰的见识恐怕不止于此。"秋气至，胶可折，弓弩可用，匈奴常以为候而出军。"匈奴人喜欢在秋末发起战争，就是因为秋天兵肥马壮。到了张翰的时代，随着西北游牧民族大量内迁，这种战争模式已经进入中原地区。

果然，年底爆发了"八王之乱"，张翰的举动被赞为"识鉴"。其他人的命运呢？顾荣被"八王"中的齐王司马冏召用，自觉大祸临头，天天喝醉，直至设法转了岗才不再喝酒。有人不经意问他，怎么前醉后醒？一句话吓得顾荣赶紧又恢复了喝酒。他在信中向友人吐露："见刀与绳，每欲自杀，但人不知耳。"他靠喝酒避祸，经历九死一生才回到吴郡。贺循也是称病才得以还乡，躲过祸难。陆机在中原被夷族，临刑时想起华亭的鹤鸣，留下一句"岂可复闻乎"。

张翰呢，祸难来临之前，他看见秋风吹来，想起吴地的菰菜羹和鲈鱼脍，连招呼都没打就走了，跟他来时一样。

我们后来说的"莼鲈之思"，来自两个故事。一个是陆机的"千里莼羹，未下盐豉"，一个是张翰的"因见秋风起，乃思吴中菰菜鲈鱼，遂命驾而归"。

张翰归隐后写过一首诗：

暮春和气应，白日照园林。青条若总翠，黄华如散金。嘉卉亮有观，顾此难久耽。延颈无良涂，顿足托幽深。荣与壮俱去，贱与老相寻。欢乐不照颜，惨怆发讴吟。讴吟何嗟及，古人可慰心。

　　用散金形容黄花，是张翰的首创，李白大赞"张翰黄花句，风流五百年"。唐玄宗天宝元年（742），李白奉诏入京，本想在仕途上有一番成就，不仅没被重用，还被"赐金放还"，变相撵出了长安。于是，他在《行路难》中向偶像致敬：

　　君不见吴中张翰称达生，秋风忽忆江东行。且乐生前一杯酒，何须身后千载名？

　　像张翰这样的任情恣性，魏晋之后可能不会再有。不为名利扭曲自我，成为后世文人士大夫向往的生活方式，也是他们企慕的人生境界。而"鲈鱼、莼羹"和"秋风"，如同一道作文题，引得文人争相造句。唐末宋初的刘兼，经历战火纷飞、家人分离，写下：

　　荒僻淹留岁已深，解龟无计恨难任。守方半会蛮夷语，贺厦全忘燕雀心。夜静倚楼悲月笛，秋寒欹枕泣霜砧。宦情总逐愁肠断，一箸鲈鱼直万金。

另一种向张翰致敬　　〔明〕苏宣刻《江东步兵》印章及边款　上海博物馆藏

舌尖上的故乡，比一封家书来得更直入心肠。熙宁三年（1070），苏轼送别因批判新法被贬的好友刘攽时写下：

秋风昨夜入庭树，莼丝未老君先去。君先去，几时回？刘郎应白发，桃花开不开。

陆游一生向往恢复中原，却不被南宋朝廷重用，晚年他厌倦官场，罢官归家山阴，感叹：

自古儒冠多误。悔当年、早不扁舟归去。醉下白苹洲，看夕阳鸥鹭。莼菜鲈鱼都弃了，只换得、青衫尘土。休顾。早收身江上，一蓑烟雨。

文徵明五十多岁出仕，做了四年九品翰林待诏，也学张翰隐居老家。看到满眼湖山莼菜，一片紫色，禁不住感慨：

> 微风漠漠淡晴晖，又见江南白雁飞。出郭尘埃原自少，经秋乐事未应稀。高情每约看花伴，把酒时寻旧钓矶。满目湖山莼菜紫，争教张翰不来归。

曹雪芹的祖父曹寅也写过：

> 格是欲归归未得，还堪作想想难凭。平生下笔持公论，千古风流张季鹰。

看，求退良难的曹寅，也很羡慕潇洒的张季鹰。

季鹰归未

八百多年后，三十五岁的辛弃疾重回南京，把吴钩看罢，栏杆拍遍，北望故乡济南，发出这样的疑问：

> 休说鲈鱼堪脍，尽西风，季鹰归未？

季鹰不被重用，可以为了家乡的莼菜鲈鱼放弃做官，可他呢？从抗金战场南归十二年，仍然无法摆脱"归正人"的身份，英雄无用武之地。季鹰回来了，可他呢？有家难回，家乡还在女真人的统治下，却将万字平戎策，换得东家种树书。只好感慨：

> 求田问舍，怕应羞见，刘郎才气。可惜流年，忧愁风雨，树犹如此！

东晋权臣桓温，第一次北伐的时候只有二十四岁。他在江北种下一棵柳树。等他再次见到这棵柳树的时候，已经是二十一年之后。这棵小树已经有十围粗了，这是桓温第二次北伐，人生能有多少个二十一年？所以桓温说："树犹如此，人何以堪！"那时的东晋仍偏安江左，北伐梦还没有实现。想起桓温，稼轩不由流下英雄泪。

直到晚年稼轩出仕闽中再度被罢职，他才后悔没听张季鹰的话：

> 白鸟相迎，相怜相笑，满面尘埃。华发苍颜，去时曾劝，闻早归来。而今岂是高怀。为千里、莼羹计哉。好把移文，从今日日，读取千回。

欧阳询晚年为何专门写下《张翰帖》这个故事？可能跟他的人生经历有关。

他出生在广州，祖籍渤海千乘，就是今天的山东高青。晋朝时先祖为了避祸，迁至湖南一带成了潭州豪族。他的祖父和父亲有平定岭南之功，但因久在外郡，南朝陈宣帝疑其谋反，全家籍没。欧阳询被父亲的好友江总（南北朝诗人、书法家，官至陈尚书令）藏匿并收养长大，一生历经陈、隋、东夏、唐四个朝代。他在隋朝入仕，曾与褚遂良的父亲褚亮一起奉诏参修《魏书》，但职位不高，仅以书法出名，那时王公大臣的碑志都由他来操刀。

隋朝灭亡后，他跟虞世南进入窦建德的东夏王朝。后来窦建德被秦王李世民讨平，他作为降臣入唐。唐高祖李渊给了欧阳询一生中最显达的职守——五品给事中，掌握封驳、司法、人事审查和监考等大权，还领修编撰了他一生中引以为傲的《艺文类聚》，也因此进入太子李建成的幕府。

《艺文类聚》编完不久，李世民就发动"玄武门之变"，作为"太子党"的他前途未卜。虽然之后出于政治需要，一路给他加官晋爵，官至三品银青光禄大夫，但已是一介闲散无事的文儒老臣。

或许，只有像欧阳询这样经历过宦海沉浮的人，才能明白何为求退良难、身不由己。曾经有一个人这样说走就走，简直任性到让人嫉妒。

恐难平复的陆机

收信人

"彦先羸瘵，恐难平复……"

假如碑帖会说话，陆机的《平复帖》，可能是跟顾荣有关的。

顾荣，字彦先，是陆机的表兄。东吴孙策早逝，孙权就做主，将哥哥的两个女儿分别嫁给了吴国的两任丞相之子，这两位丞相就是陆逊和顾雍。他们最有名的孙子，一个叫陆机，一个叫顾荣。

古时人们写信，习惯把日期放在开头，收信人的名字放在末尾，但这封手札，没有日期，也没有收信人，只是根据"恐难平复"四个字起名为《平复帖》。

一般来说，纸的寿命很少超过千年，但《平复帖》是个例外，它的时间甚至比有年限记载的楼兰残纸还要长。墨色斑驳，而字奇幻不可读，依稀能辨出："平复""临西复来""寇乱之际"……

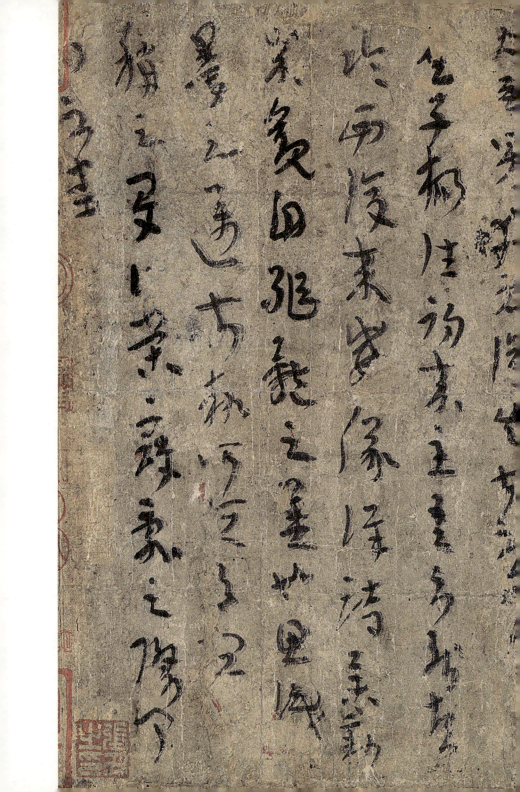

《平复帖》　　〔晋〕陆机　纸本手卷　23.7cm×20.6cm　故宫博物院藏

说它的作者是陆机，盖因帖前有白绢笺墨笔书："（晋平）原内史吴郡陆机士衡书"，还有宋徽宗赵佶泥金笔书："（晋）陆机《平复帖》"。释文曰：

> 彦先赢瘵，恐难平复，往属初病，虑不止此，此已为庆。承使唯男，幸为复失前忧耳。吴子杨往初来主，吾不能尽。临西复来，威仪详跱。举动成观，自躯体之美也。思识□量之迈前，势所恒有，宜□称之。夏伯荣寇乱之际，闻问不悉[1]。

晋武帝司马炎幕府初开，陆机与顾荣是第一批入洛的东吴士族，加上陆机的弟弟陆云，号称"洛阳三俊"。洛阳那时不只是平原政治文化中心，还是整个东亚的政治文化中心。可陆机是怎么形容洛阳的呢？他在《为顾彦先赠妇诗》里写："京洛多风尘，素衣化为缁。"是说京城洛阳的风太大，他们常穿的白衣都变成了黑衣。

顾荣也不喜欢洛阳，不仅是因为风大。在齐王司马冏的幕府里，他自觉大祸临头，天天喝醉装傻。他羡慕张翰的潇洒，秋风来时，想起吴中的菰菜鲈鱼，说走就走。可他，"求退良难"。

陆机还有一个朋友叫彦先，就是跟张翰一起去洛阳的贺循，

---

[1] 关于平复帖释文有多个版本，本释文出自启功《〈平复帖〉说并释文》（《启功丛稿》，中华书局，1999 年）。

贺彦先。吴国景帝孙休时期，陆、顾、贺家各自镇守一方，贺循的父亲贺邵为吴郡太守，顾荣的父亲顾穆为宜都太守，陆机的父亲陆抗为镇军将军。

《平复帖》也可能是写给贺循的，因为贺彦先确实"羸瘵"。《晋书·贺循传》记载，赵王司马伦篡位和陈敏作乱时，贺循两次假托有病拒绝官职。

张翰离开后，顾荣也看到事不可为。与张翰一同去洛阳的贺循，也是称病才得以告老还乡，躲过祸难。唯有陆机，就像这封没有收件人的信，他的命运让人恐难平复。

地域黑

陆机，字士衡，吴郡人。古人常用官名作人名，他和颜真卿是最有名的两位平原先生。

陆机的祖父是陆逊，父亲是陆抗，同族伯父陆凯也是东吴重臣左丞相。东吴后主孙皓继位时，曾与陆凯有过这样的对话：

"卿一宗在朝有几人？"

"二相、五侯，将军十余人"。

"盛哉！"

可陆凯说，君贤臣忠才能谓之"国盛"，父慈子孝才能谓之"家盛"，如今政荒民弊，覆亡是惧，如何能称"盛"？对甫登大位的孙皓来说，这话无疑有些刺耳。

果然，陆抗一死，孙皓就流徙了陆凯一家。六年之后晋灭吴，陆机的两个哥哥也战死在前线。

这就是二十岁的陆机，父死兄亡，无依无靠，三世功勋，风流云散。他回到老家华亭闭门读书。杜甫说"陆机二十作文赋"，《文赋》是不是二十岁所作不好说，可它的学术地位无人可及。如果古代就有援引率，那《文赋》的影响因子肯定高得吓人。连唐太宗李世民都说，"百代文宗，一人而已"。

放到现在，陆机的文章一定是流量担当。他说"鲜肤一何润，秀色若可餐"，人们就学会了"秀色可餐"；他说"庶斯言之不渝，抱耿介以成名"，人们就学会了"言之不渝"；他说"男欢智倾愚，女爱衰避妍"，人们就学会了"男欢女爱"；他说"谢朝华于已披，启夕秀于未振"，鲁迅先生开始用《朝花夕拾》写书……

没事的时候听听华亭的鹤鸣，做个大文学家，尽可就此终老。可陆机不这样想，"虽已亡国，但决不自馁，要为家国先人，奋然一争"。他还是选择了跟弟弟陆云、顾荣一起入洛，赴洛道中作："悲情触物感，沉思郁缠绵。伫立望故乡，顾影凄自怜。"

在洛阳，陆机遭遇了前所未有的"地域黑"。

他与弟弟陆云去见司马昭的女婿王武子。那人一副鼻孔朝天的样子，指着眼前的羊酪问："卿江东何以敌此？"他说："有千里莼羹，但未下盐豉耳！"

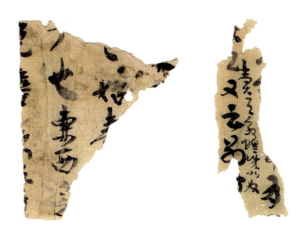

与《平复帖》同期的［晋凉］楼兰残纸文书

　　吴人入洛，遭遇的歧视还不止于此。蔡洪到洛阳应聘，北方官员问他："君吴楚之人，亡国之余，有何异才？"蔡洪答："圣贤所出，何必常处"。

　　现在常用"陆海潘江"形容一个人才华横溢，可陆机与潘岳水火不容。潘岳甚至在代贾谧拟的《赠陆机诗》中嘲讽吴人："南吴伊何，借号称王……伪孙衔璧，奉土归疆"。贾谧是晋惠帝皇后的外甥，是个"文学青年"，喜欢附庸风雅，有人说他可与才子贾谊比肩，他便真的信了。陆机刚到洛阳时，被他请为座上宾，是"金谷二十四友"的主要成员。

　　顾名思义，"金谷二十四友"的组织者就是金谷园的主人石崇。这个组织名为"招徕天下文学之士"，实际上是为了拍贾皇后外甥的马屁。陆机最瞧不起的就是石崇和潘岳，贾谧每次离开，他们都要夸张地"降车路左，望尘而拜"。

所以每次潘岳来了，陆机就与陆云起身离开。潘说："清风
至，尘飞扬。"陆答："众鸟集，凤凰翔。"一句话得罪一
大片。

连陆机的书法也受歧视。他写的字被南朝人称为"吴士
书"，说明比起洛阳书体有所不同。那时中原的流行书风是
卫瓘、索靖，草书是东晋中原士族南渡后才传到吴地的，所
以《平复帖》中可以看到，吴人的草书还没有褪去章草的痕
迹。

最激烈的一次发生在司马颖的幕府。"卢志于众坐，问陆
士衡：'陆逊、陆抗是君何物？'答曰：'如卿于卢毓、卢珽。'"
这一段记在《世说新语·方正》里，卢志来自范阳卢氏，卢珽
是他的父亲，卢毓是他的祖父。他的曾祖是东汉末年平定张角
之乱的卢植，刘备是他曾祖的门生。

陆云吓坏了，出门后就对哥哥说，可能人家真的有所不知。
陆机说："我父、祖名播海内，宁有不知，鬼子敢尔！"

陆机就是这样，一介书生，不卑不亢，清白方正。可正因
他不够"识鉴"，才招来杀身之祸。

顾荣当然能感受到北方士族的排外，张翰走后，他也找借
口回了南方，临走时劝陆机辞官回乡。陆机却为报答司马颖救
他于囹圄之恩，接受了平原内史的任命。

"所宜忝窃。非臣毁宗夷族。所能上报"。一语成谶。

华亭鹤唳

王羲之出生的那一年，陆机遇害。

在洛阳，陆机做了一个醒不来的梦，他梦见车轮被黑色的车帷缠住，怎么扯都扯不开。天亮的时候，杀他的人到了军帐外。他脱下军装，换上白色便服帽，以平民的身份与来者相见。

来的人叫牵秀，是曾经的部下。他看着熟悉又陌生的脸，思绪有些缥缈。想起这次出兵前，他被任命为三军之首，统领二十万大军，其中就有牵秀的部队。可那时他是拒绝的呀，他对司马颖说：我们陆家三世为将，道家所忌。但这个理由，司马颖没有接受。他又对司马颖说，当年齐桓公信任管仲，所以能收九合诸侯、一匡天下之功；而燕惠王怀疑乐毅，所以功败垂成。"今日之事，在公不在机也"。

他又想起从朝歌到河桥的那天，鼓角声绵延数百里，声势浩大。如此盛大的出兵场面，自从汉魏以来，不曾有过。可最后却是"死者如积焉，水为之不流"。他的将士们，把河水都堵塞了。

他不惧怕死，但祖父陆逊火烧连营的那天，也是"尸骸漂流，塞江而下"，这难道不是宿命吗？

想到这里，陆机的书生气又犯了。他对牵秀说："自吴朝倾覆，吾兄弟宗族蒙国重恩，入侍帷幄，出剖符竹。成都命吾以重任，辞不获已。今日受诛，岂非命也！"

他不知道的是，司马颖不再相信他，不只是因为手下北方官员的谗言，而是卢志的话起了作用。卢志对司马颖说：陆机把自己比作管仲、乐毅，而把你比作昏君，"自古命将遣师，未有臣凌其君而可以济事者也"。

牵秀奉司马颖之命来杀他，只是因为，他是被公投出来的替罪羊而已。

此时陆机才想起："华亭鹤唳，岂可复闻乎！"

陆机看不到的是，他的儿子、弟弟相继被处死，江东第一大族陆家几被灭门。他的部下孙拯被夷三族，孙拯的门人为"二陆"喊冤，一并被杀。自此，东吴士族无人再敢涉足中原。

陆机更看不到的是，数年之后，司马睿与琅玡王氏衣带过江，将钟繇的《宣示表》带到南方，楷书自此生根发芽。人们不再歧视"吴士书"，因为书法史即将被名叫王羲之和王献之的两个人改写。

顾荣也终于有机会与张翰、贺循，采南山蕨、饮三江水，只是少了陆机、陆云，"终不似，少年游"。

一个秦国农夫和他的兄弟

二月辛巳

秦王政二十四年（前223），屈原死后五十五年，秦国发动了对楚国的灭国性攻击。秦将王翦携六十万秦军杀至楚边境，嬴政亲自送到霸上（今陕西西安）。

两千一百多年后（1975），湖北省云梦县睡虎地四号秦墓木质套棺的陪葬箱内出土了两块木简，正背两面均有墨书文字。记录了这场战争前，两名士兵给家中的问候。

墓的主人叫"衷"，写信的人，是他的兄弟"黑夫"与"惊"。发信地址是"黑夫"与"惊"作战的地方淮阳（今河南周口附近），收信地址是他们的家乡安陆（今湖北云梦）。某次在山东省博物馆看到这件文物，在一旁展出的，还有来自秦始皇帝陵博物院的兵马俑复制品。我一开始不懂把湖北文物和陕西文物放到一起的用意，后来查阅了一些资料，才明白这样展览的意图。

左上：与《黑夫木牍》一起展出的秦始皇兵马俑复制品 作者摄

左下：《睡虎地秦简墓黑夫木牍》［秦］佚名 湖北省博物馆藏

右下：左为《黑夫木牍》，右为《惊木牍》

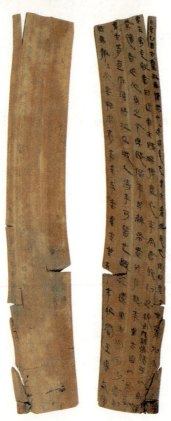

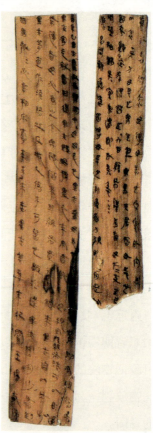

古人把书信叫作"尺牍",《急就篇》曰:"牍,木简也。"一片小小的木简,承载了太多情感,是千里面目,也是古人心迹。而数千年以后再看,它又成为文学、历史、文化、书法、美学等多种元素的载体。《史记》上提到的尺牍是从汉代开始,"(遵)性善书,与人尺牍,主皆藏弄以为荣"。而云梦的这两块木简,把古人的通信史提前到了秦以前的战国时代。

汉代的一寸相当于我们现在的 2.35 厘米,所以我们临汉印,常常用 2.5 厘米见方的石头,与原印大小几乎相当。尺牍之"尺",是汉代一尺的长度,大约相当于现在 23.5 厘米。而黑夫的木牍,恰恰是 23.4 厘米,与汉代尺牍尺寸相当。而另一块惊的木牍,由于破损,只有 16 厘米长。

战争开始前,"黑夫""惊"与哥哥"衷"一样,都在家务农。战争开始后,"黑夫"与"惊"被征召。信的开头是:

二月辛巳,黑夫、惊敢再拜问中,母毋恙也?黑夫、惊毋恙也。

现在我们写信,都会把日期写在信末,问候也在末尾。而古人恰恰相反,"二月辛巳"应该是写信的时间。一上来,兄弟二人便问候了家中的哥哥和母亲。也从另一个侧面说明,他们的父亲已经不在了,可能是病死,也可能死于战争。家里就留了哥哥"衷"一名男丁,照顾老幼妇女。

前日黑夫与惊别,今复会矣。黑夫寄益就书曰:遗黑夫钱，母操夏衣来。今书节（即）到，母视安陆丝布贱，可以为禅裙襦者，母必为之，令与钱偕来。其丝布贵。徒（以）钱来，黑夫自以布此。

前日黑夫与惊短暂分别，如今又会面了。"黑夫"第一件事就是让母亲寄点钱来，顺便把夏天穿的衣服一并寄来。他还叮嘱母亲，去安陆市场看看丝布的价格，如果便宜就做点衣服（禅裙襦）给他们寄来，如果贵就只寄钱，他们从淮阳找人做衣服。

这说明，那时秦国的士兵可能需要自备衣服打仗，他们从军的时候，以为战争会很快结束，所以穿的是比较厚的衣服，可这场战争已经持续了两年。

黑夫等直佐淮阳，攻反城久，伤未可智（知）也，愿母遗黑夫用勿少。书到皆为报，报必言相家爵来未来，告黑夫其未来状。闻王得苟得

黑夫的军队现在行至淮阳，正在攻打反城，但久攻不下，不知道是否会有伤亡，希望母亲寄来的钱不会太少。请母亲收到信后一定要回信，告知"相家爵"来没来，是否听说王得……

木牍背面继续写：

母羞也？辞相家爵不也？书衣之南军毋……不也？为黑

夫、惊多问姑姊、康乐孝须（婋）故术长姑外内……为黑夫、惊多问东室季须（婋）苟得毋恙也？为黑夫、惊多问婴记季事可（何）如？定不定？为黑夫、惊多问夕阳吕婴、匽里阎诤丈人得毋恙……矣。惊多问新负、婋得毋恙也？新负勉力视瞻丈人，毋与……勉力也。

一切可好？是否送别了"相家爵"？书信和衣服是否已经送到南军？……

"相家爵"是谁？我们无从猜想。也许是送达授爵文书的人，抑或是黑夫与惊的一位同乡、正在参军的路上。

两人依次问候了姑姊、康乐孝须、长姑内外、东室季须、婴记季、夕阳吕婴、匽里阎诤丈人等人。姑姊和长姑很好理解，就是表姐和大姑。康乐、东室、夕阳、匽里可能是地名。楚人谓姊为婋，那孝须和季须应是"黑夫"与"惊"的姐姐。婴是小姑娘，丈人应该就是指老人。

最后一个名字"婋"是"惊"单独问候的，被称作"新妇"，应该是"惊"的新婚妻子。"惊"可能刚刚成婚便上了战场，关心新婚妻子过得好不好，也希望妻子能尽力照顾好家里的老人。

有学者考证，"婋"字在古代有"美好"之意，应该就是现在的"婉"字，"惊"的妻子可能叫"婉"。

"黑夫"与"惊"也许读过书,能写信[1]。两件木牍字迹明显不同,从语气来看,这件出于"黑夫"之手,那么另一件木牍可能就是"惊"所写:

> 惊敢大心问衷,母得毋恙也?家室内外同……以衷,母力毋恙也?与从军,与黑夫居,皆毋恙也……钱衣,愿母幸遣钱五、六百,襣布谨善者毋下二丈五尺。……用垣柏钱矣,室弗遗,即死矣。急急急。惊多问新负、妴皆得毋恙也?新负勉力视瞻两老……

"惊"与"黑夫"一样,照例先问候哥哥、母亲,再报平安。他与"黑夫"现在住在一起,都安好。但他不像"黑夫"那样,先问候一大堆亲戚。他上来就问家里要钱,而且要的钱和布数字都很明确,可见已经捉襟见肘:钱要五六百,布要二丈五。他还建议把家里围墙的柏树卖掉换钱,如果母亲不快点寄钱,可能命都要保不住了。

然后又问候了妻子"妴",这里应该是抄了"黑夫"的上一封信。木牍背面是:

> 惊远家故,衷教诏妴,令毋敢远就若取新(薪),衷令……闻新地城多空不实者,且令故民有为不如令者实……

---

[1] 文物出版社出版的《云梦睡虎地秦墓》认为,这批墓葬主人,"生前的社会地位,可能大致相当于中小地主阶层"。

028

为惊祠祀，若大发（废）毁，以惊居反城中故。惊敢大心问姑姊（姐），姑姊（姐）子产得毋恙……? 新地人盗，衷唯毋方行新地，急急急[1]。

"惊"还叮嘱"衷"，不要让"嫛"去太远的地方砍柴，因为新占领的城池人烟稀少，政府让一些犯了罪的人去充实人口。他还让家人为他去祠堂祭祀，祈求平安好运，因为他现在就住在反城里，随时可能遭遇不测。

他不忘问候刚生了孩子的表姐，还叮嘱哥哥，新地有盗贼出没，没事不要去新地。

从书法上看，明显"黑夫"的水平更高，他的秦隶看起来更舒展生动、细长飘逸。

黑夫与惊

安陆是战国楚邑，到了兄弟三人生活的时代，已经是秦之南郡了。司马迁《史记·秦本纪》记载：

> 秦昭王二十九年（前278），大良造白起攻楚，取郢为南郡。

---

[1] 释文根据《云梦睡虎地秦墓》，文物出版社，1981年。标点未作改动，比如"用垣柏钱矣"后应为"。"等，皆仍从之。

而楚失郢后，便逃到了淮阳。"秦将白起遂拔我郢，烧先王墓夷陵，楚襄王兵败，遂不复战，东北保于陈城。"陈城就是淮阳，后改为陈郡。魏晋名士谢安就出自陈郡谢氏。

"黑夫"写信的时间大约在公元前 224 年，这时距离安陆成为秦地已经五十四年。可见，"黑夫"与"惊"出生时已是秦人，成年后从军。

对于这段历史，让我非常好奇的是，秦军战六国真的是提着人头作战吗？毕竟，《资治通鉴》里张仪说韩王曰："山东之士被甲蒙胄而会战，秦人捐甲徒裼以趋敌，左挈人头，右挟生虏。"此处请自行脑补《水浒叶子》里提着人头的阮小七。

商鞅变法时专门制定了一套军功授爵的制度，秦国士兵根据军功大小授予爵位和田宅，废除没有军功的旧贵族的特权。国家有战事时，凡十七岁到六十岁的男子都有参战义务，如遇战事紧张，十五岁的男子也得上战场。虽然他们要自带军饷衣物，但作战时只要斩获敌军军官一个首级，就可以获得一级爵位"公士"、田一顷、宅一处和仆人一个。以砍下敌人的首级为数，杀敌越多奖赏越多。

这也就是为啥那时秦军被称作"虎狼之师"。从"黑夫"和"惊"的家信来看，他们关心的那个"相家爵"，如果真的与授爵文书有关，那他们很可能已经杀敌立功了。

可他们也不是随随便便砍个脑袋就能交差，《商君书·境内第十九》记载："能得甲首一者，赏爵一级，益田一顷，益宅九亩。级除庶子一人，乃得入兵官之吏。""甲首"一词就说明了，这种脑袋不是随便找个老乡就能借来的，至少得是"甲士"。每升一级爵位，可免除家中一名奴婢的徭役，并得以担任兵官之职。

两千多年后，当把这件木牍与秦始皇兵马俑放在一起，就更能读懂秦国的军功授爵制度。

在什么场合下砍的脑袋也很重要。商君为他们规定了野战与攻城不同的斩首最低限额："能攻城围邑斩首八千以上，则盈论；野战斩首二千，则盈论。吏自操及校以上大将，尽赏行间之吏也。"这里的"盈论"是指最低标准，完成了全员都有奖赏，而完不成的，就算砍下对方脑袋，等待他们的也只有处罚。如果有人当了逃兵，集体脑袋搬家。这一条很重要，可以防止士兵到了战场疯狂抢人头而忘了攻城。

为防止冒领人头，秦国还有严格的勘验制度。与《黑夫木牍》同时出土的另一批《睡虎地秦简》，墓主人"喜"收藏的法律文书中，就记录了"举奸者与杀敌等功，不实者以同罪反坐"这条秦律的存在，每一个士兵都互相监督、互相指证。

那么，像"黑夫"和"惊"这样白手起家的普通百姓，战场上看到对方人头岂不是如同看到土地和爵位？"民之见战也，如饿狼之见肉。"其实，让他们在战场上如同虎狼之师的，是严苛的刑罚，而不是赏。即使能通过战功挣到土地和爵位，他们还是希望战事尽快结束，能与家人团聚，这从两人的信中就可以看出来。

木牍、石砚与墨

这封信从河南淮阳发出，在湖北云梦出土，两地相隔约四百公里。那时民间通信一般由军中服役期满的老乡回家捎带，是没法走官邮寄送的。这种民间通信方式一直持续到宋朝，可见古时通信多么困难，尤其是战火硝烟的时代，真正的"烽火连三月，家书抵万金"。

"黑夫"信中提到的"直佐淮阳，攻反城久，伤未可知也"，也跟历史基本相符。

战国时期的淮阳之战，正是发生在秦灭楚国期间。公元前225年，王翦的儿子、秦国大将王贲率部队堵截了黄河之水，淹没大梁，灭掉魏国。之后秦王嬴政派李信、蒙武率二十万士兵伐楚，被楚军击败。楚军的将领就是大名鼎鼎的项燕，项羽的爷爷。他与昌平君联合，大败李信、蒙武的部队，斩杀秦国七位高级将领。这就是"黑夫"信中提到的"淮阳之乱"。

这场大败气坏了秦王嬴政，他亲自跑到频阳（今陕西富平），请已经退休的王翦出山。王翦也不客气，跟秦王要了六十万大军和相当数目的美宅良田。《史记·秦本纪》记载：

> 二十四年（前223），王翦、蒙武攻荆，破荆军，昌平君死，项燕遂自杀。

如果"黑夫"参加了淮阳之战，那么直到秦军灭楚，这场战争至少持续了三年之久。

历史是被大人物书写的。十四年后（前209），项燕的孙子项羽便"起陇亩之中，三年，遂将五诸侯灭秦，分裂天下而封王侯"；著名的巨鹿之战，项羽破釜沉舟，大败秦军，俘虏了王翦的孙子王离；四年之后，项羽自刎于乌江，将其五马分尸的便有王氏族人王翳。

魏文帝曹丕后来在《车驾临江还诏三公》里写："三世为将，道家所忌；穷兵黩武，古有成戒。"说的就是他们吧？

而"衷"呢？他的一生会经历什么？是不是像那个波澜壮阔时代的无数小人物一样，为徭役和兵役而发愁。也许有幸活到暮年，弥留之际想与兄弟合葬在一起，却发现找不到任何"黑夫"与"惊"来过的痕迹，除了这木牍上的墨迹。

朝堂上的大人物运筹帷幄，灭六国、吞八荒、书同文、车同轨……被裹挟在其中的小人物无法窥见时间的全豹，无数个他们只会成为时代的灰烬，散如尘烟。

但至少还有文字和简牍记录了这些，肉身可以消失，而文字经过两千多年，依然可以辨认。如果没有秦简的出土，我们可能以为，隶书就是秦代以后才有的。但《睡虎地秦简》让隶书的产生追溯到战国晚期。"隶书者，篆之捷也"，尤其是《黑夫木牍》，有些字出现了特别长和夸张的波磔，整个字还往右下倾斜，这种传统一直延续到汉简。

睡虎地之后，在四川青川、甘肃天水放马滩等地又出土了一些秦代简牍。我们开始确信，中国文字的发展，并不是简单地由大篆到小篆再到隶书，这些书体的发展和演变，可能是同时存在的。

两千年前的"衷"有没有等到弟弟？"黑夫"与"惊"最后会衣锦还乡，还是埋骨他乡？木牍没有告诉我们答案。但是与它一起出土的，还有石砚、研墨石和墨，这可能就是"衷"把弟弟留在身边的最好方式。

桃花只待有缘人

十次落榜

关于后世戏称的"江南四大才子"，王世贞在《文先生传》里曾这样写：

吴中文于诗述徐祯卿，书述祝允明，画则唐寅伯虎。彼自以专技精诣哉，则皆文先生友也……文先生盖兼之也。

"文先生"就是文徵明，在周星驰电影《唐伯虎点秋香》里，他是存在感最弱的一位。

文徵明初名璧，也有一说是壁。但在文徵明之前，历史上有一个叫文璧的名人，是南宋人，文天祥的弟弟。所以，四十二岁之后，文徵明便以字行，徵明也有象征明亮的寓意，与玉璧不无关系。他是苏州人，老家衡山，所以自号文衡山。他幼年丧母，跟着祖母生活。说话晚，天然呆，八九岁时还不

歸去來兮田園將蕪胡不歸既自以心為形役
奚惆悵而獨悲悟已往之不諫知來者之可追實
迷途其未遠覺今是而昨非舟搖以輕颺風飄
而吹衣問征夫以前路恨晨光之熹微乃瞻衡宇載
欣載奔僮僕歡迎稚子候門三逕就荒松菊猶存攜
幼入室有酒盈樽引壺觴以自酌眄庭柯以怡顏倚南
窗以寄傲審容膝之易安園日涉以成趣門雖設而長
關策扶老以流憩時矯首而遐觀雲無心而出岫鳥倦
飛而知還景翳翳以將入撫孤松而盤桓歸去來兮且

息交以請絕遊世與我而相違復駕言兮焉求悅親戚
之情話樂琴書以消憂農人告余以春及將有事於
西疇或命巾車或棹孤舟既窈窕以尋壑亦崎嶇而
經丘木欣欣以向榮泉涓涓而始流善萬物之得時
感吾生之行休已矣乎寓形宇內復幾時曷不委心任去
留胡為乎遑遑欲何之富貴非吾願帝鄉不可期懷
良辰以孤往或植杖而耘耔登東皋以舒嘯臨清流而
賦詩聊乘化以歸盡樂夫天命復奚疑

辛亥九月十二日横塘舟中書　徵明　時年八十又二

《归去来兮辞》　［明］文徵明　纸本　13.7cm×16.1cm　故宫博物院藏

能完整表达。亲戚朋友都很担心这孩子不聪慧，他父亲说："儿幸晚成，无害也"。

文徵明的祖父文洪是家族首位取得功名者，三十九岁成为举人。他的父亲文林是家族中第一位进士，叔叔文森之后也成为进士。文林在外做官，就把儿子带在身边，带他游山玩水，增长见识。这种方式在那时叫"游学官"，他给儿子找了最好的老师，跟沈周学画，跟李应祯学书法，跟吴宽学写作，这些人都是当时文学艺术界的名流，当然，最重要的是跟学官亲近往来，为之后的入仕打下基础。

如此高的起点，举业有成应是水到渠成的事，但文徵明运气不太好，正好赶上荫官制取消。大概相当于，毕业不包分配了。在他之前，七品以上官员的子孙可以直接进入太学或分任派官，结果他成了第一批必须投身科考否则便得耗资捐官的仕宦后代。所以他得好好修习学业，只要在校成绩突出，便可晋身秀才。秀才获得提督学道的认可后，才有资格参加三年一次的乡试。

文徵明二十五岁才取得第一次应考资格，比同龄人晚了两三年，岁试时被老师批评字迹不佳，给了一个三等。之后，他便开始用功了。放学后，同学们或饮噱而歌，或投壶博弈，他哪儿也不去，只是临写《千字文》，一天也不间断。好不容易熬到乡试，又赶上了科举制度改革。所有的试场文章必须包含八个讲究起承转合、排偶用典的制式段落，也就是俗称的"八股文"。于是，文徵明从二十五岁开始乡试，三年一次，一直考到五十二岁，整整二十七年，十次落第。近三十年的宝贵时光，在一次次科考的挫败中度过，可以想象文徵明曾遭受怎样的身心折磨，如他《病中·其三》诗所慨叹：

明经三十载，潦倒雪盈簪。疾病乘虚入，摧颓觉老侵。安心方外药，适趣个中琴。澹泊穷生计，高人独赏音。

文徵明不止在一篇文章里写到自己的十次落榜记录，这还不是最多的。他的朋友蔡羽十四次乡试失败，"阅四十年，而先生则老矣"。

小试闲官

如果按照既定的人生轨道行走，文徵明应该会在三十多岁时登进士第，然后成为县令、知府，像他的父亲文林一样。可他经历了十次落榜，直到五十四岁才通过举荐得到一个考试机会，得了一个翰林待诏的九品官，开始了仕途生涯。

文徵明入仕时已值晚年。《自书纪行诗》是他在嘉靖二年（1523）所作的诗歌，记述了他北上做官时的乡思：

落日烟生古渡头，春寒犹恋木绵裘。风吹野戍更初动，月暎清淮夜自流。总为旅情消壮志，忽闻渔唱重乡愁。封题欲寄家人信，何处南帆有便舟？

那一年，穿着薄薄棉衣的文徵明站在渡口，拿着写给家人的信笺，等一叶去往故乡的便舟。当年苏洵也是屡试不中，他与两个儿子一起赶考，苏轼和苏辙都中了进士，他还是没有考中。后来欧阳修直接推荐，朝廷才同意给苏洵一次考试，考试通过了就授予官职。苏洵很有个性，他认为朝廷要他参加考试就是不相信他平时作的文章，便称病拒绝赴试。

入仕之后的文徵明也许后悔没有参考苏洵的做法。刚开始他满怀志向，以为能在朝廷有一番作为。可他的官职太小，发挥不了什么才能，只能干一些参修《武宗实录》之类的闲散工作。刚开始在翰林院，他交到一些莫逆之交。文徵明虽无"学历"，但才德让人敬佩，"诸名士觊德相先"。可不到一年，好友被放逐，朝廷奸佞当道让他心灰意冷。

再加上他不是进士出身，受到一些年轻进士的排斥，把他当作画匠。阎立本曾告诫子孙"尔宜深戒，勿习此艺"，对读书人来说，最大的歧视莫过于此。

于是，从上任第二年开始，文徵明便递上"辞呈"。如此多次，终于获得明武宗恩准，辞官归乡。前后加起来，不过三年时间。《马上口占谢诸送客十首·其三》更像是他的人生写照：

　　小试闲官便乞身，素衣曾不染缁尘。诸君亦自多情致，不送官人送散人。

三年的政客生涯，是他九十年人生长河中最不开心的三年。他作《感怀》诗云：

五十年来麋鹿踪，若为老去入樊笼。五湖春梦扁舟雨，
万里秋风两鬓蓬。远志出山成小草，神鱼失水困沙虫。白头
博得公车召，不满东方一笑中。

于是放舟南下，与其当个朝九晚五每天看脸色行事的政客，
还不如在北窗下踏踏实实地睡一觉。直至回到玉磬山房，在自
由自在的山水滋养之中，文徵明才得以在晚年开创新的书风和
画风。他的《对酒》，墨迹留存至今：

晚得酒中趣，三杯时畅然。难忘是花下，何物胜樽前。
世事有千变，人生无百年。还应骑马客，输我北窗眠。

雅债

他喜欢别人称他"文待诏"，因为在他的时代，"懂得作
画的官员"和"当了官的名画家"是完全不同的。他的字画不
事权贵，连嘉靖皇帝的宠臣严嵩也不例外。《明史·文苑传》载：
"方乞诗文书画者，接踵于道，而富贵人不易得片楮，尤不肯
与王府及中人，曰：'此法所禁也'。"王世贞《文先生传》亦
云，文徵明自戒书画三不应：不应宦官、侯王与外夷。

晚年的文徵明，字画张张都是爆款，不仅是文人墨客模仿
的对象，还引来一大批伪作和赝品，"故先生书画遍满海内，
往往真不能当赝十二"。他和他的老师沈周一样，从不打假。
要是有人拿着书画上门求鉴定，他也一概说是真迹。弟子们很

晚得渔中趣　三杯何暢往雞
忘是花外夕陽膝樽前
才子佳人生無百年思應騎
馬　争如輸我北窗眠

徵明

左为《品茶图轴》　　［明］文徵明　纸本　142.31cm×40.89cm　台北故宫博物院藏
右为《千岩竞秀图》　　［明］文徵明　纸本　132cm×34cm　台北故宫博物院藏

诗、文、书、画全才的代表作《山水诗画册页》局部　　［明］文徵明　水墨纸本
26.4cm×27.3cm　美国大都会艺术博物馆藏

不解，问他为什么要这样做。文徵明解释说，凡是有能力收购字画的，必然是家里有余财的富贵人家。而出卖字画的，一定是因为家境困难，急需用钱。若因为我一句话而导致双方无法成交，卖字画的人家不是更要陷入困境了吗？

《冯元成集》记载，有造假者出售文徵明的伪作，被人转告给了文徵明，文徵明却说："彼其才艺本出吾上，惜乎世不能知，而老夫徒以先饭占虚名也。"此人才艺不在我之下，只是名气不如我。显然，文徵明不打算追究，造假者就无所畏惧了，甚至拿着假画来让文徵明署名，文徵明眉头都不皱一下，干脆利落地就签上了自己的大名。于是，就算这幅字画没有一笔是文徵明的手笔，但落款的大名确实是文徵明亲笔，那这不是文徵明的作品还能是谁的？

正因诸多"规矩"，文徵明的生活并不富裕，有时还要落到"乞米"的地步。颜真卿曾因家中无米下锅，留下著名的《乞米帖》。文徵明在给好友的《寄陈以可乞米》里写：

秋风百里梦姚城，无限闲愁集短檠。零落交游怀鲍叔，逡巡书帖愧真卿。谋身肯信贫难忍，食指其如累不轻。见说湖南风物好，何时去买薄田耕。

正因其德艺双馨的高贵品格，文徵明晚年名满天下，声望极高。伦敦大学亚非学院教授柯律格说，文徵明就像莎士比亚一样，是那种还在世时作品便已受敬慕者推崇备至的人物。柯律格的学生问他，文艺复兴时期谁是中国可比拟米开朗基罗的大师？他才发现，文徵明的生卒年与米开朗基罗几乎一致。

文徵明替人写字作画所收受的礼物，基本都是普通的食品、日用品和文化用品。这些"收入"仅能作为他的家庭日常开支的补充。而这种独特的艺术社交方式被这位英国人写成一本书，叫《雅债》。

隐于市

从他存世的墨迹来看，字与字之间极少有牵丝连带，连行草书亦是如此。平时他写书信简札，都用蝇头小楷来写，笔画细若毫发，结体工稳停匀。如果写错一点，就立刻换纸重写。旁人看了都觉得麻烦。放到现在，可能会被当作重度强迫症患者。

乞身后的"文先生"，更像一个隐士。只不过，与传统的隐士不同，他不是隐于乡间，而是隐于市井。他不是躬耕于田园，而是躬耕于艺术。他自号"停云"，在《停云》诗序里写："停云，思亲友也。"《初归检理停云馆有感》诗云：

> 京尘两月暗征衫，此日停云一解颜。道路何如故乡好，琴书能待主人还。已过壮岁悲华发，敢负明时问碧山。百事不营惟美睡，黄花时节雨班班。

他的艺术创作也在晚年达到高峰，他的书法，他的画，他的诗，都离不开田园。仅他八十岁之后写的《归去来兮辞》，留存至今的至少有两个版本，一为小楷，一为行草。现在的故宫博物院有他八十二岁的小楷之作，款署："辛亥九月十一日，横塘舟中书。徵明。时年八十又二。"释文曰：

归去来兮，田园将芜胡不归？既自以心为形役，奚惆怅而独悲？悟已往之不谏，知来者之可追。实迷途其未远，觉今是而昨非。舟摇摇（遥遥）以轻飏，风飘飘而吹衣。问征夫以前路，恨晨光之熹微。

乃瞻衡宇，载欣载奔。僮仆欢迎，稚子候门。三径就荒，松菊犹存。携幼入室，有酒盈樽。引壶觞以自酌，眄庭柯以怡颜。倚南窗以寄傲，审容膝之易安。园日涉以成趣，门虽设而长关。策扶老以流憩，时矫首而遐观。云无心而出岫，鸟倦飞而知还。景翳翳以将入，抚孤松而盘桓。

归去来兮，且息交以请绝游[1]。世与我而相违，复驾言兮焉求？悦亲戚之情话，乐琴书以消忧。农人告余以春及，将有事于西畴。或命巾车，或棹孤舟。既窈窕以寻壑，亦崎岖而经丘。木欣欣以向荣，泉涓涓而始流。善万物之得时，感吾生之行休。

已矣乎！寓形宇内复几时，曷不委心任去留？胡为乎遑遑兮欲何之？富贵非吾愿，帝乡不可期。怀良辰以孤往，或植杖而耘耔。登东皋以舒啸，临清流而赋诗。聊乘化以归尽，

---

[1] 原帖在这里将前面"且"字改为"请"。

乐夫天命复奚疑！

与田园有关的画更是不少，《兰亭修禊图》《三友图》《风雨孤舟图》《绝壑高贤图》《溪山高逸图》……他在《桃源图》题诗里写：

> 桑麻鸡犬自成村，天遣渔郎得问津。世上神仙知不远，桃花只待有缘人。

自作诗《静隐》正反映了他晚年的心境：

> 心远自应人境寂，道深殊觉世缘轻。问奇尚有门前客，却恨青山不掩名。

饮酒弈棋，皆须觅伴寻对，而写字这件事，只需一人，可以竟日，可以穷年。就像熟透的水果从树上脱落、就像积雪滑下竹叶的瞬间……这样的刻意练习，文徵明坚持了七十年。

嘉靖三十八年（1559），雨水刚过，文徵明像往常一样，在窗前写小楷，这次是给一位叫史严杰的朋友母亲写的墓志。写到一半，他搁下笔，端然坐正，走完了他的一生，正好九十岁。

与王羲之、颜真卿们相比，"文先生"是离我们更近的古人。他不是天才，他的努力更接地气，他的刻意练习和平常心更值得我们效仿和学习。他的画里总是有个小人儿，缓缓徐行，不急不躁，那个人就是他。

八十五岁所作《桃源问津图卷》局部　［明］文徵明　纸本　32cm×578.3cm　辽宁省博物馆藏

第二章

如故·诗酒趁年华

春未老，风细柳斜斜。

试上超然台上看，半壕春水一城花。

烟雨暗千家。

寒食后，酒醒却咨嗟。

休对故人思故国，且将新火试新茶。

诗酒趁年华。

——苏轼《望江南·超然台作》

苏东坡与方山子

大年初二的信

你不来看看我？

元丰五年（1082）大年初二早上，黄州的苏轼给好友陈慥写了封信：月底公择要来，你也过来聚一下吧。顺便把你家的茶臼子借我用用呗？

公择是黄庭坚的舅舅，叫李常，是苏轼和陈慥共同的好友。现收藏于故宫博物院的《新岁展庆帖》，就是苏轼写给陈慥的信，是他俩的会面邀约，释文曰：

轼启：新岁未获展庆，祝颂无穷，稍晴起居何如？数日起造必有涯，何日果可入城。昨日得公择书，过上元乃行，计月末间到此，公亦以此时来，如何何如？窃计上元起造，尚未毕工。轼亦自不出，无缘奉陪夜游也。沙枋画笼，旦夕附陈隆船去次，今先附扶劣膏去。此中有一铸铜匠，欲借所

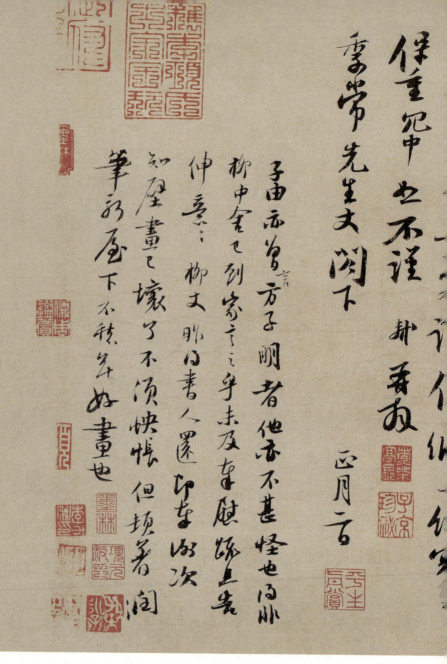

李常先生文閣下

正月二日

子由亦曾言方子明者他日不甚怪也得非柳中舍已到家書言近遇李駙馬發書知壑畫已壞了不須快悵但頓著潤筆新屋下不愁無好畫也

僅奉別且不謹

伸意伸意柳丈昨得書人還即介次

《新岁展庆帖》　［宋］苏轼　纸本　30.2cm×48.8cm　故宫博物院藏

054

軾啓新歲未獲

展慶祝頌無窮積懐

起居何如 起造必有涯 何日果可

入城昨日得 以擇書過上元乃行計

月末間到此

公亦以此時來如何 竊計上元起造尚未

畢工 軾亦自不出 無緣奉陪夜游也沙枋

畫一軸欲 今先附陳隆船去次 今先附挾書

廥去 此中有一鑄銅 正欲借

而收建州茶 末臼子并椎試令 依樣造看兼

適有閩中人更

收建州木茶臼子并椎，试令依样造看。兼适有闽中人便，或令看过，因往彼买一副也。乞鐾付去人，专爱护便纳上。余寒更乞保重，冗中恕不谨，轼再拜。季常先生丈阁下。正月二日。

子由亦曾言（此字旁注），方子明者，他亦不甚怪也。得非柳中舍已到家言之乎，未及奉慰疏，且告伸意，伸意。柳丈昨得书，人还即奉谢次。知壁画已坏了，不须快怅。但顿着润笔新屋下，不愁无好画也。

这一年苏轼四十五岁，是因为"乌台诗案"被贬到黄州的第三年。距离他第一次见陈慥，隔了二十余年。他俩本应是别人眼中的"仇人"，没想到一见如故。苏轼有两封信、两首诗、一个传记都与他有关，还为他创造了一个流传至今的成语。

陈慥，字季常，是个官二代，少有文武才，却一直隐居乡间，不跟官场掺和。"河东狮吼"这个成语，就是苏轼为陈季常创造的。苏轼在一首诗里说：

龙丘居士亦可怜，谈空说有夜不眠。忽闻河东狮子吼，拄杖落地心茫然。

陈季常的老婆是河东人，这首诗很有画面感，大概就是他们在黄州相聚的场景。一个滔滔不绝到都不睡觉的人，听到老婆的声音突然吓得茫然了。我们现在用"河东狮吼"来表示妻子很凶，而对于怕老婆的人，就会说"季常之癖"。

他俩是怎么认识的呢？

苏轼的第一份工作是凤翔府签判，那是嘉祐六年（1061）。现在的陕西凤翔是个县，隶属于宝鸡市，但那时候辖地可不小，宝鸡、岐山、麟游、扶风、郿县、周至等地市都归凤翔府。他才二十四岁，便成了凤翔府父母官的秘书。对于公务员来说，这样的起点不算低。但他毕竟是苏轼，二十岁就中了进士，因为一个美丽的误会与状元擦肩而过，是宋仁宗为子孙选定的宰相之才。

陈慥的父亲陈希亮就是当时凤翔府的太守。据说陈太守为人刚硬，他带的部队，就算敌人的箭从天上飞来，也屹然不动。可能这种管理风格，在一个才高自负、恣意洒脱的年轻下属看来，很是逆反。两人相处得并不愉快，苏轼经常对陈太守安排的工作拒不执行，有次甚至闹到了皇帝那里。

后来太守公馆建"凌虚台"，陈太守就让苏轼写篇文章。这次他没有拒绝，大笔一挥，洋洋洒洒一大篇。他说，他跟陈太守登上凌虚台，往东看，是当年秦穆公的祈年宫和橐泉宫；往南看，是汉武帝的长杨宫和五柞宫；往北看，是隋炀帝的仁寿宫，后来成了唐太宗的九成宫。

所以，不管再好的楼台，都会塌的，变为荒草野田……他还"教育"陈太守："欲以夸世而自足，则过矣。"那时苏轼入仕不足三年，心怀惠民之政。"早岁便怀齐物志，微官敢有济时心"（《和柳子玉过陈绝粮》）。在他看来，一个父母官，建个高台有啥可夸耀满足的？

陈太守也是心大，一个字儿都没改，让人原封不动地刻碑纪念，就是流传到现在的《凌虚台记》。

二十年后再见你

陈慥少年时去过一次父亲任职的凤翔府，那是他与苏轼第一次见面，此后两人二十多年未见。再次见面，苏轼在官场摔得鼻青脸肿。

《方山子传》记载了他俩二十多年后重遇的画面：

> 余谪居于黄，过岐亭，适见焉，曰："呜呼，此吾故人陈慥季常也，何为而在此？"方山子亦矍然，问余所以至此者，余告之故。俯而不答，仰而笑，呼余宿其家。

方山子是陈慥的别称，他徒步来往于山里，戴一顶高高的方帽，像古代乐师的方山冠，所以被称作"方山子"。苏轼因为写诗攻击王安石的变法被下狱，后来从宽发落，发配到黄州。

有一天，苏轼在山里遇到陈慥。陈慥很惊讶，问苏轼怎么来到这个地方。苏轼就把"乌台诗案"的经过说了一遍，陈慥"俯而不答，仰而笑"。这是什么意思呢？原来他对北宋官场的钩心斗角、结党倾轧，早已看透了。

陈慥出身于世代功勋之家，要是走仕途，早已得高官荣名。他家在洛阳有园林宅舍，在河北有大量田地，每年收丝帛上千匹，要啥有啥，衣食无忧。可他却放弃坐车骑马，毁坏书生衣帽，跑到黄州的穷僻山沟做个隐士。住茅屋，吃素食，遁于岐亭，不与社会各界来往。

苏轼的政敌猜测，因为陈太守与苏轼在凤翔的过节，隐居在黄州的陈慥肯定要想办法报复一下。可陈慥呢？与苏东坡一见如故，还邀请他去家里做客。苏轼在陈慥家里看到：四壁萧条，妻儿奴仆却都怡然自乐。

这时候还能交到的朋友，应该就是一辈子的朋友吧。

转过年来的大年初二，苏轼就给陈慥写了封信，这封信就是前文提到的《新岁展庆帖》。

苏轼说，他的好朋友李常即将造访黄州。李常因为反对王安石变法，被贬到滑州（今属河南安阳）。他过完正月十五从滑州出发，估计月底能到黄州，苏轼邀请陈慥一聚。

但是，他那时还有"工程"在身，无暇陪同夜游。信里说的"上元起造，尚未毕工"，就是苏轼的"雪堂"。与陈慥通信后一个月，"东坡雪堂"才正式竣工。

信里还说，他看上了陈慥家里建州木的茶臼和捣茶用的椎子，要借用一下。建州大概在今天的福建武夷山一带，是北宋御茶苑的核心地区。又补充了一句，他认识一个手艺不错的铸铜匠，想要依原样仿造一套。

但是，这封信发出后，李常的行程有变，人已到了黄州附近的光州（今属河南潢川）。所以这次约定并未成行，苏轼干脆就跟陈慥约在了岐亭，他们第一次重遇的地方。

这一天是正月二十日。

这次聚会的除了苏轼、李常、陈慥，还有一些官员、友人，但苏轼却专门记载了他与陈慥去年见面时的情景。他在《正月二十日往岐亭郡人潘古郭三人送余于女王城东禅庄院》里写："去年今日关山路，细雨梅花正断魂。"

说到梅花，苏轼又想起南北朝时期，江南的陆凯给北方的好友范晔赠梅花的故事，干脆给陈慥写了首诗：

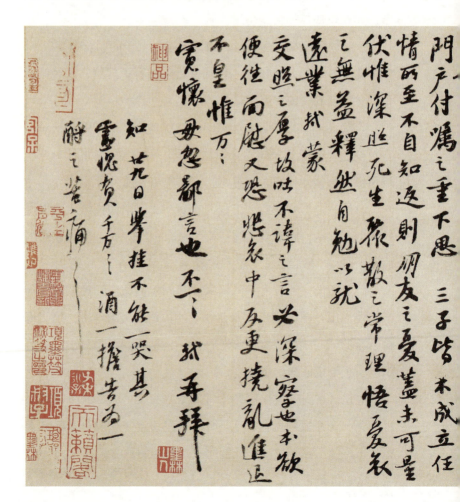

蕙死兰枯菊亦摧，返魂香入岭头梅。数枝残绿风吹尽，一点芳心雀啅开。野店初尝竹叶酒，江云欲落豆稭灰。行当更向钗头见，病起乌云正作堆。

这简直就是一幅画：蕙兰菊梅，残绿芳心，竹叶酒、豆稭灰，乌云正作堆。

《人来得书帖》　［宋］苏轼　纸本
29.5cm×45.1cm　故宫博物院藏

人来得书

我们现在能看到的，还有一封苏轼给陈季常的信，叫《人来得书帖》：

> 轼启：人来得书。不意伯诚遽至于此，哀愕不已。宏才令德，百未一报，而止于是耶。季常笃于兄弟，而于伯诚尤相知照。想闻之无复生意，若不上念门户付嘱之重，下思三子皆不成立，任情所至，不自知返，则朋友之忧盖未可量。伏惟深照死生聚散之常理，悟忧哀之无益，释然自勉，以就远业。轼蒙交照之厚，故吐不讳之言，必深察也。本欲便往面慰，又恐悲哀中反更挠乱，进退不皇，惟万万宽怀，毋忽鄙言也。不一一。轼再拜[1]。

《人来得书帖》是陈慥向苏轼通报了兄长的死讯，苏轼遂去信慰问。以他与陈慥的交情，寥寥数语足以传达深情，但就在信要结束的时候，苏轼又附上小字行书："知廿九日举挂，不能一哭其灵，愧负千万，千万。酒一担，告为一酹之。"末尾，苏轼连用两个"苦痛，苦痛"。

古人的书信原本没有名字的，后人把它作法书学习时，

---

[1]《新岁展庆》《人来得书》二帖裱于同一卷中，释文据故宫博物院官网。

就取前几个字当作帖名。因为写信人与收信人是同一人，收藏者便把它与《新岁展庆帖》合为一卷，即《新岁展庆帖人来得书帖合卷》，历经项子京、安岐递藏，现在保存在故宫博物院。

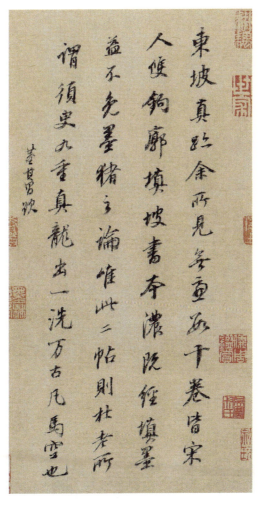

董其昌跋《新岁展庆帖》

董其昌在其后题跋，他见过很多自称苏轼真迹的，其实都是宋人双钩廓填。"坡书本浓，既经填墨，盖不免墨猪之论。"他说，只有这新岁、人来二帖，才应了杜甫说的"须臾九重真龙出，一洗万古凡马空"。

跟这个一比，别的都显得平庸。

苏轼每次给陈慥写信，笔墨上都特别用心。

这份友情确实很长。

被贬黄州的四年里，陈慥去看了苏轼七次。后来苏轼离开黄州，陈慥一直送他到九江。《岐亭五首（并叙）》记载了黄州四年两人的交游：

> 元丰三年正月，余始谪黄州。至岐亭北二十五里山上，有白马青盖来迎者，则余故人陈慥季常也，为留五日，赋诗一篇而去。明年正月，复往见之，季常使人劳余于中途……其后数往见之，往必作诗，诗必以前韵。凡余在黄四年，三往见季常，而季常七来见余，盖相从百余日也。

被召回京之时，五十岁的苏东坡曾写信给黄州好友潘丙：

> 仆暂出苟禄耳，终不久客尘间，东坡不可令荒弗，终当作主，与诸君游，如昔日也。

我最想做的事，是回到黄州，在我的那片东坡上耕耘，不令它荒芜，同你们一起交游，如同昔日一般。

独为此文

晚年苏轼被贬到岭南，陈慥写信给他，要去探望。汉口离惠州有一千里之遥，东坡信里说：我到这里将近半年，吃得不错，当地官员百姓对我也不错。你不要来，也不要遣人来，咱们"须髯如戟，莫作儿女态也"。

五年之后（1100 年），苏轼获赦从海南岛北返，到了常州就去世了，此生再未相见。

宋元以后的文人，为了养家糊口，不得不挣点儿谀墓之资，就是给人写墓志铭，这些文字必须赞美亡故者，而且大多是陈词滥调，言不由衷。

苏轼在这方面却对自己有特别的要求，他绝不写此类文章，即使王公贵族重金相求他也不写。只有七个人，是有特别的理由，他的确有话要说才写的，其中就有陈慥的父亲陈希亮。陈希亮去世十四年后，苏轼终于说出了一直想说但未说出口的那句话：

> 方是时，年少气盛，愚不更事，屡与公争议，至形于言色，已而悔之。

苏轼给陈太守写的墓志铭，当然不是《凌虚台记》那种。他后来经历了宦场锤炼，才知道陈太守的良苦用心，越发觉得陈太守不追求功名、一心为百姓做事实在可贵，于是写下《陈公弼传》。实际上，也不能称之为墓志铭：

> 公没十有四年，故人长老日以衰少，恐遂就湮没，欲私
> 记其行事，而恨不能详，得范景仁所为公墓志，又以所闻见
> 补之，为公传。轼平生不为行状墓碑，而独为此文，后有君
> 子得以考览焉。

除了给老师司马光的那篇，这篇是最长的。

王羲之的永和九年

淮流竭，王氏灭

元人郭居敬写的《二十四孝》里有个"卧冰求鲤"的故事，来自《晋书》。故事的主角叫王祥，他有个弟弟叫王览。但不知为何，《晋书》里王祥给继母捕鱼是"解衣将剖冰"，到了《二十四孝》却成了"解衣卧冰"？几字之差，谬以千里。

王祥和王览都是山东临沂人，古人喜欢在姓名前加上郡望，他们都是琅琊王氏。从西汉到隋唐的一千余年，这个家族产生了九十二位宰相，可谓中古时期最显赫的家族。

王览有六个儿子：裁、基、会、正、彦、琛。王裁生了一个特别有名的儿子，叫王导，后来成为东晋的丞相。王正生了一个儿子，叫王旷。

永嘉年间一次战争，时任淮南内史的王旷失踪了，彼时他的大儿子已经成人，叫王籍之，小儿子嗷嗷待哺，名叫王羲之。

於所遇暫得於己快然自足不
知老之將至及其所之既惓情
隨事遷感慨係之矣向之所
欣俛仰之間以為陳迹猶不
能不以之興懷況脩短隨化終
期於盡古人云死生亦大矣豈
不痛哉每攬昔人興感之由
若合一契未嘗不臨文嗟悼不
能喻之於懷固知一死生為虛
誕齊彭殤為妄作後之視今
亦由今之視昔悲夫故列
敘時人錄其所述雖世殊事
異所以興懷其致一也後之攬
者亦將有感於斯文

《冯承素行书摹兰亭序卷》　唐摹　纸本　24.5cm×69.9cm　故宫博物院藏

永和九年歲在癸丑暮春之初會
于會稽山陰之蘭亭脩禊事
也羣賢畢至少長咸集此地
有峻領茂林脩竹又有清流激
崇山
湍暎帶左右引以為流觴曲水
列坐其次雖無絲竹管弦之
盛一觴一詠亦足以暢敘幽情
是日也天朗氣清惠風和暢仰
觀宇宙之大俯察品類之盛
所以遊目騁懷足以極視聽之
娛信可樂也夫人之相與俯仰
一世或取諸懷抱悟言一室之內
或因寄所託放浪形骸之外雖

王羲之出生在"八王之乱"最白热化的时候，晋惠帝太安二年（303）。《晋书》里说"元帝之过江也，旷首创其议"，可见第一个建议晋元帝司马睿保据江南的，是王羲之的父亲王旷，他也是司马睿的姨兄弟。《裴子语林》记载了一个更为生动的故事：

> 大将军（王敦）、丞相（王导）诸人在此时，闭户共为谋身之计。王旷世宏（旷字世宏）来，在户外，诸人不容之；旷乃剔壁窥之曰"天下大乱，诸君欲何所图谋？"将欲告官。遽而纳之，遂建江左之策。

王旷凭着一次"听墙根"，成功跻身司马睿的死党，却没能在北方的战乱中全身而退。东晋开国时的"王与马，共天下"，王旷没能看到，与司马睿共天下的是王导和王敦，王敦是王基的儿子、王导的堂兄。

史书里关于王羲之少时的记载并不多，但《世说新语》里有一条，足以证明他超级"社恐"。有次王羲之去看望堂伯父王敦，王导和庾亮来了之后，他便起身离去。王敦说："尔家司空（王导）、元规（庾亮），复可所难？"都是自己的家人，聊聊天说说话有什么难的呢？

少年时的王羲之可能还得过癫病，"一二年辄发动"。他后来在答许恂诗《忽复恶中得二十字》云：

> 取欢仁智乐、寄畅山水阴。清泠涧下濑，历落松竹林。

醒来之后读了一遍又一遍，不由地感叹："癫何预盛德事耶？"这像是一个发癫的人写的嘛！

王旷有两个亲弟弟，王廙和王彬。王羲之自幼丧父，书法就是跟叔父王廙学的。书学是门阀士族的必修课，更何况琅琊王氏无人不善书，但名字能写进书法史，还是从王导、王廙开始的。"导行、草兼妙""自过江东，右军之前，惟廙为最"……

"朱雀桥边野草花，乌衣巷口夕阳斜"，刘禹锡这首诗写的是东晋最显赫的两大家族琅琊王氏和陈郡谢氏所居之地。乌衣巷在建康（今南京）秦淮河南，王羲之就是在乌衣巷长大。《南史》记载，东晋王室渡江之初，王导找著名的风水大师郭璞卜其家世，郭璞云"淮流竭，王氏灭"，意指琅琊王氏可在东晋南朝世代冠冕，与秦淮河共长久。明人陈维嵩有词："乌衣巷，蔓草平田。谁能料，童时伴侣，相对两华颠。"

可以想见，王羲之能享受到顶级的教育资源和艺术熏陶。除了叔父王廙，王羲之还有一个老师是卫夫人。史书上对于王羲之母亲姓氏和家族没有太多记载，但近代有学者考证，《姨母帖》"顷遭姨母哀"中的"姨母"，就是卫夫人。卫夫人本名卫铄，出自河东卫氏、书法世家，是卫瓘的侄女、卫恒的堂妹。张怀瓘《书断》说她"隶书尤善，规矩钟公……永和五年卒，年七十八"。

除了有顶级的老师，王羲之还能接触到最新的材料。魏晋时期，纸张正取代竹木简牍，成为新的媒介。就像我们从手写时代进入打字时代，父辈们还在适应这一媒介的变化时，王羲之自小已开始用紫纸练字。

东床快婿

永和九年之前，王羲之还没有因书法出名，倒是因为一次相亲载入史册。不妨选取《太平御览》中的一篇读之：

> 王羲之幼有风操。郗虞卿闻王氏诸子皆俊，令使选婿。诸子皆饰容以待客，羲之独坦腹东床，啮胡饼，神色自若。使具以告，虞卿曰："此真吾子婿也！"问为谁，果是逸少。乃妻之[1]。

郗虞卿就是郗鉴，来自高平郗氏。八王之乱时，赵王司马伦、东海王司马越有意征召，他都辞官不受。永嘉年间，郗鉴聚集千余乡里在绎山（今济宁）避难，颇有宋江之风，不出几年，便拥众数万，成为流民领袖。

太兴四年（321），郗鉴被晋元帝司马睿"收编"，封为平乡侯。因忌惮王敦势力太大，司马睿又任命郗鉴为龙骧将军、兖州刺史。这一年王羲之十八岁，刚刚领到秘书郎的职位，这是个虚职，也是贵族子弟牵丝入仕之始。

一年后，王羲之的堂伯父王敦突然起兵叛乱。这场叛乱也让琅琊王氏内部出现分化，王敦与亲哥哥王含和侄子一伙，王

---

[1]《晋书》和《世说新语》的描述是"诸子咸自矜持"，略有区别。

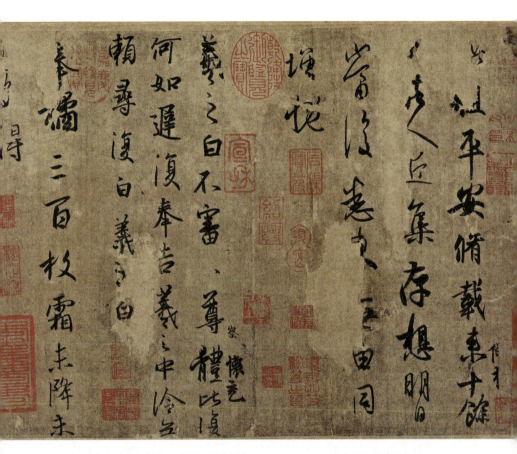

《平安何如奉橘三帖》 唐摹 硬黄纸本 24.7cm×46.8cm 台北故宫博物院藏

羲之的亲叔王廙本来要去劝降，结果加入了王敦的阵营，而王羲之的另一个亲叔王彬公开反对王敦。王导那时在建业，听说王敦从武昌起兵，每日率宗族成员二十余人到朝门外谢罪。

也是在这一年，郗鉴初入京师。晋元帝将他召回，封为尚书，拜领将军。郗鉴那时驻守京口（今镇江），离建康不远，便遣门生向王丞相（王导）求婿。于是，便有了"东床快婿"那载入史册的一幕。

可表叔司马睿没等到王羲之成亲，便忧愤而终。长子司马绍（晋明帝）继位后，一改父亲唯唯诺诺、瞻前顾后的作风，一道道手召，逼王敦入京。不仅如此，他还立庾亮的妹妹为皇后，王导只能与卞壶、庾亮同辅朝政。虽然之后"王与马"又变成"庾与马"，但司马绍也想不了那么多，毕竟老父亲过得太憋屈了。

当时王敦坐拥长江上游的兵权，想把权力继承给儿子，一旦入京，他就要交出兵权，只能选择造反。其实王敦那时已经病危，加上司马绍还有郗鉴这个外援，没过多久便忿恚而死。

关键时刻，丞相王导与兄弟做了政治上的切割，虽然保住了自己和大部分王氏子弟，但失去了昔日的首辅地位。随着庾亮独掌大权，陈郡庾氏的政治地位已经超过了琅琊王氏。

王羲之成亲、工作的时间大概就在此时。太宁三年（325），庾亮以帝舅之亲执掌朝政，彻底宣告"王与马，共天下"时代的结束。出于某种政治上的考虑，此时的郗鉴想与琅琊王氏结为姻亲。

这个想法与王导一拍即合，所以当郗鉴派人去选婿时，诸子"咸自矜持"也好、"饰容以待客"也好，心里的想法都很复杂，只有王羲之，坦腹东床，专心啃胡饼。这便是"东床快婿"的由来，政治联姻不假，但想找个好女婿也是真的。

家鸡与野鹜

王羲之后来有"书圣"之称，还与儿子献之并称为"二王"，是他去世之后的事情。那时的王羲之，名气比不上庾亮的弟弟庾翼，甚至不及妻弟郗愔和表兄王洽。

那段时间庾氏兄弟手握大权，书法艺术上也更有话语权。然而不知何时，庾翼的后辈们开始学王羲之了。庾翼镇守荆州之时，给京城写信说："小儿辈厌家鸡，爱野鹜，皆学逸少书，须吾下当北之。"书学如家学，庾氏子弟不学庾翼的笔法，而学王羲之，让庾翼很不服气，要回去跟他比一比。

王羲之刚工作时在庾亮的幕府，南朝虞龢上给梁武帝的《论书表》记：

> （羲之）尝以章草答庾亮，亮以示翼，翼叹服，因与羲之书云："吾昔有伯英章草书十纸，过江亡失，常痛妙迹永绝，忽见足下答家兄书，焕若神明，顿还旧观。

后人常说，庾翼对王羲之先踩后捧，先有"家鸡野鹜"之说，又把羲之比作张芝重世。我倒是觉得，可能是先有张芝重世，再有"家鸡野鹜"。因为《晋书·庾翼传》记载，庾翼就任荆州刺史的时候，哥哥庾亮已经去世了。

野鹜未必不如家鸡，甚至比家鸡更"香"。苏东坡曾写过一篇《记夺鲁直墨》：

> 黄鲁直学吾书，辄以书名于时，好事者争以精纸妙墨求之，常携古锦囊，满中皆是物也。一日见过，探之，得承晏墨半挺，鲁直甚惜之。曰："群儿贱家鸡，嗜野鹜。"遂夺之，

《兰亭观鹅图》 〔元〕钱选 纸本设色 23.2cm×92.7cm 美国大都会艺术博物馆藏

此墨是也。元祐四年三月四日。

苏东坡"抢"走了黄庭坚的名墨，还列举了一大堆歪理：先说鲁直是学了他的书法，又说抢的墨就是比自己的墨更好。王羲之虽为琅琊王氏，但与庾氏三兄弟（亮、冰、翼）关系不错，尤其与庾翼最好，他留下的尺牍文字，很多是写给或提到了安西（庾翼为安西将军）。也正是因为关系好，所以知道小

儿辈厌家鸡、爱野鹜，庾翼才说要比一比。一句"家鸡野鹜"，道尽文人相交的风流之态。

如果把书法比作功夫，那么这个时期的书法世家很像武侠小说里的武林门派，笔法的传承是以家族内部为主的[1]。

一个门派的创立首先要有武林秘籍，王羲之的两个叔父王廙与王导都藏有不少名家真迹。永嘉之乱时，王廙把索靖的书法分作四叠藏在衣袖里，带到江南，而王导也把钟繇的《宣示表》缝在衣带中，史称"衣带过江"。这给王羲之研习前代书法作品提供了很好的条件。

书法门派的创立也需要话语权，除了王廙和王导，那时王家还有王恬、王荟、王涣之等人，他们或为丞相，或为王侯，凭着政治地位与书法成就，主宰了南方书坛。王家子弟们写的是今草，带动江左士人也开始抛弃皇象的章草，成为那时的"流行书风"。

兰亭序

三月三日上巳节，人们要到水边祭拜祖先，用香草沐浴，洗去污秽和不祥，被称作"修禊"。这一风俗据说始于战国，秦昭王在三月初三置酒河曲，忽见一金人自东而出，奉上水心之剑，口中念道："此剑令君制有西夏。"秦昭王认为是神

---

[1] 陈寅恪在《金明馆丛稿·天师道与滨海地域之关系》中指出："东西晋南北朝，天师道为家世相传之宗教，其书法亦往往为家世相传之艺术。"

明显灵，恭恭敬敬接受赐赠。此后秦国果然横扫六合，一统天下。

后来人们在又想了各种好玩的方式，比如曲水流觞，就是找一个有水的岸边，建一座亭子，在基座上刻下弯弯曲曲的沟槽，把水流引进来，再把斟满酒的酒杯放到水上。这就是"引以为流觞曲水，列坐其次"。觞是那种带两个小耳朵的酒杯，就像鸟的翅膀，它还有一个很美的名字，叫羽觞。

不管怎么玩，它都要有两个条件：一个是政治太平，战乱连年的时代，家破人亡，妻离子散，是没法去野外郊游的。还要有时间，天天案牍劳形，每分钟都觉得紧张，是没法畅叙幽情的。

所以孔子的弟子曾点说，春天来了，他就想把冬衣一换，忙完春耕之后，跟五六个成人和六七个少年，去沂水游泳，在舞雩台上吹风，唱着歌回家。舞雩就是古代巫师求雨的祭坛，女巫可以在上面跳舞。"浴乎沂，风乎舞雩，咏而归。"

曾点这样一说，连孔子都很羡慕，说："吾与点也。"

永和九年（353）的这一天，王羲之也邀请了一群朋友，在会稽山阴的兰亭水边，"修禊事也"。但很显然，这次不是一般的修禊，参加兰亭雅集的人，多是中国文化史、艺术史、宗教史和政治史的参与者与创造者。

王羲之在一首《兰亭诗》里写："咏彼舞雩，异世同流。乃携齐契，散怀一丘。"意思是说，我辈春日祓禊之乐，虽与孔子师徒异世，而其中的美好乐趣是完全相同的。

这一年的干支纪年是癸丑，所以"岁在癸丑"。暮春之初的北方，战争不断，诸侯混战。前燕与前秦，一场战争就砍下一万两千个人头。

暮春之初的南方，是会稽王司马昱和权臣桓温的内部博弈。司马昱还有一个队友，叫殷浩。而此时的皇帝，还只是一个刚满十岁的小学生，永和是他的年号。

司马昱是东晋开国皇帝司马睿最小的儿子，也是王羲之的表弟。殷浩与桓温，是他在庾亮幕府工作时的同事。但这次聚会，他们都没有来。

王羲之那时是右军将军、会稽内史，他所管辖的范围，包含了整个东晋风景最秀美的地区。画家顾恺之到会稽游玩，赞其风光："千岩竞秀，万壑争流，草木蒙笼其上，若云兴霞蔚。"

那一年，他们找了一条蜿蜒的河水，围坐在水边，酒杯漂浮在河上，顺流而下。"一觞一咏"，就是酒杯漂到谁的面前，谁就要举起，一口下去，酒过穿肠，然后吟出胸中之诗，若是没想出诗来，就得罚酒三斗。

这个喝酒的规矩不是王羲之创造的，在距今大约一千八百年前的西晋就有了。西晋有个权臣叫石崇，生活奢靡爱炫富，可他偏偏是个"文艺青年"，组建了一个"金谷二十四友"，里面有著名帅哥潘岳、左思、陆机、陆云。那时，王羲之的堂伯父王敦、王导也是石崇的座上宾。

元康六年（296），石崇组了个局儿，在他奢华的金谷园中为征西大将军王诩送行。大家饮酒赋诗，"以叙中怀，或不能者，罚酒三斗"。就是轮到你喝了，一杯酒下肚，还没想起怎么作诗的，要罚酒三杯。事后，石崇把众人诗作收录成集，并

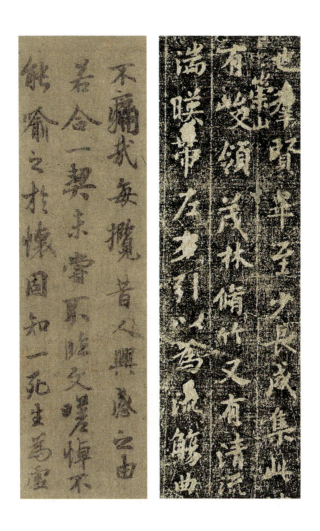

左图:《虞世南行书摹兰亭序卷》局部 ［唐］虞世南 纸本 24.8cm×57.7cm
故宫博物院藏
右图:元代柯九思藏本《定武兰亭序真木》局部 台北故宫博物院藏

撰写《金谷诗序》，但墨迹没有流传下来。金谷宴集开创了文人聚会喝酒的风尚，李白《春夜宴桃李园序》云："如诗不成，罚依金谷酒数。"说的就是这个规矩。

这样的场面我们没有亲见，却可以在文人画中找到他们的存在。在《明拓明益王重刻大兰亭图卷》仿李公麟《兰亭流觞图》的拓本里，王羲之坐在临水亭榭里，一边看着白鹅戏水，一边抚纸捻笔。因为岁数最大，他被众人推举给诗集写个序。亭榭旁有楷书标注："一十一人诗两篇成，一十五人诗一篇成，一十六人诗不成、各饮酒三觚。"

溪水两岸，四十二人沿曲水而坐，每个人物旁有柳公权所书姓名和兰亭诗。有几人眼里只盯着溪流里的酒杯，并无心作诗。诗不成的还包括王献之，他既没带纸笔，也没带参考书，九岁的他是来打酱油的。

留下兰亭诗的有谢安、谢万兄弟，有王羲之的妻弟郗昙，还有西晋文学家孙楚的孙子孙绰和孙统。有司马昱的属下王蕴，他的女儿后来成了皇后，还有桓温的弟弟桓伟、庾冰的儿子庾蕴……

消失的墨迹

一千六百多年过去了，谁参加了这场雅集、谁在雅集上作了诗已经不再重要。时到今日，每当读起这个序，我们仿佛仍能呼吸到那个暮春的清风和明媚。释文曰：

永和九年，岁在癸丑，暮春之初，会于会稽山阴之兰亭，修禊事也。群贤毕至，少长咸集。此地有崇山峻岭，茂林修竹，又有清流激湍，映带左右。引以为流觞曲水，列坐其次。虽无丝竹管弦之盛，一觞一咏，亦足以畅叙幽情。是日也，天朗气清，惠风和畅。仰观宇宙之大，俯察品类之盛，所以游目骋怀，足以极视听之娱，信可乐也。夫人之相与，俯仰一世。或取诸怀抱，悟言一室之内；或因寄所托，放浪形骸之外。虽趣舍万殊，静躁不同，当其欣于所遇，暂得于己，快（快）然自足，不知老之将至。及其所之既倦，情随事迁，感慨系之矣。向之所欣，俯仰之间，已为陈迹，犹不能不以之兴怀。况修短随化，终期于尽。古人云："死生亦大矣！"岂不痛哉！每览昔人兴感之由，若合一契，未尝不临文嗟悼，不能喻之于怀。固知一死生为虚诞，齐彭殇为妄作。后之视今，亦犹今之视昔，悲夫！故列叙时人，录其所述。虽世殊事异，所以兴怀，其致一也。后之览者，亦将有感于斯文。

后来有人看到《兰亭序》，对王羲之说，可与《金谷诗序》相媲美。拿我们现在的眼光看，用王羲之和石崇来比，是有些可笑的。石崇虽然能写诗文，但功利心太强。他在《金谷诗序》中所津津乐道的，不过其财物之丰、官职之荣，汲汲于荣华富贵而唯恐不足。

苏轼就说："季伦（石崇）之于逸少（王羲之），如鸥鹜之于鸿鹄。"叶嘉莹也认为，与建安文学、正始文学相比，"二十四友"之所以成就不高，就是因为人品不高。但王羲之呢？他听到人们将《兰亭序》与《金谷诗序》相提并论，又拿自己与石崇比，非常开心。这足以说明，魏晋士人在讲究风度之美时，并不将其与人品联系，文学艺术也是如此。

遗憾的是，《兰亭序》的墨迹也没有流传下来，我们现在看到的，不过是唐代之后的双钩和拓本。可它仍被一代又一代人学书人摹写。

它在文学上的意义，不亚于书法。人们一遍遍摹写，也一遍遍背诵，学会了"天朗气清""惠风和畅"，也体会到"每览昔人兴感之由，若合一契，未尝不临文嗟悼，不能喻之于怀"。

一千六百多年后，意大利宇航员萨曼莎·克里斯托福雷蒂在国际空间站路过中国时，在社交媒体发出照片，并配中、意、英三种文字："仰观宇宙之大，俯察品类之盛，所以游目骋怀，足以极视听之娱，信可乐也。"

"今人不见古时月，今月曾经照古人。古人今人若流水，共看明月皆如此。"面对浩瀚的宇宙和时间的长河，人类或许只是渺小的一粒尘埃。但《兰亭序》就是有这样的魔力，它可以跨越时空、跨越国界、跨越历史，让不同年代、不同地域、不同背景的"后之览者"，"亦将有感于斯文"。

此书书后更无书

羊肉的 N 种吃法

如何用凡尔赛文学来表达好吃？太子少师杨凝式说：

当一叶报秋之初，乃韭花逞味之始，助其肥羜，实谓珍羞。

羜（zhù）就是出生五个月的小羊。一千多年前的一个初秋，不用加班、不用 996 的杨少师午睡醒来，腹中甚饥，恰逢有人送来好吃的。充腹之余，铭肌载切，专门执笔写了封信给好朋友："谢谢你送我好吃的。"这就是被称作第五大行书的、杨凝式的《韭花帖》——

　　昼寝乍兴，辄饥正甚，忽蒙简翰，猥赐盘飧。当一叶报秋之初，乃韭花逞味之始，助其肥羜，实谓珍羞。充腹之余，铭肌载切，谨修状陈谢伏惟鉴察。谨状。七月十一日，（凝式）状。

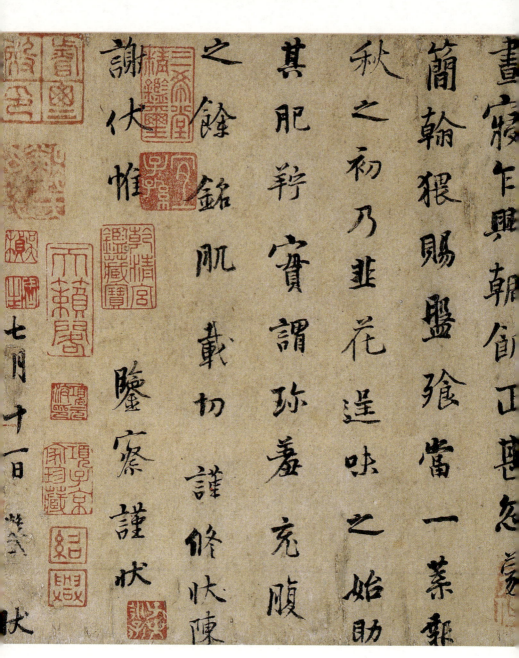

畫寢乍興朝飢正甚忽蒙

簡翰猥賜盤飧當一葉䬫

秋之初乃韭花逞味之始助

其肥羜實謂珍羞充腹

之餘銘肌載切謹修伏陳

謝伏惟

鑒察謹狀

七月十一日狀

《韭花帖》　　［五代十國］楊凝式　紙本　26cm×28.5cm　無錫博物院藏

"一叶报秋之初，韭花逞味之始"，如此诗意的句子都是为了"小肥羊"而存在。

也不知道杨少师的韭花羊肉是怎么吃的？是放点儿蒜片爆香清炒？还是腌制的？炭烤的？杨凝式是陕西人，吃老北京火锅的可能性不大。

（此处应有《舌尖上的中国》配乐）游牧草原民族有一种吃法，叫手把羊肉。地道的手把羊肉在烹煮过程中不加任何佐料，块大量足，大灶旺火，四十分钟即可出锅。

如果没有韭花酱，再鲜香的手把羊肉也会失色。韭花酱中的钠离子，能激活不含盐分的羊肉，含硫化合物在口腔里轻微烧灼，进一步提升肉香。同时，韭花酱也提供了帮助消化肉食的天然维生素。

古人用羊肉配韭花，从《诗经》时代就有了。《国风·豳风·七月》记载："四之日其蚤，献羔祭韭。"这是诗经最长的一首诗。写的是用韭和羊祭祀祖先的场景。虽然古人对羊肉的吃法各有不同，但羊肉与韭菜花绝对是一对不可拆分的CP。就拿老北京涮羊肉来说，虽然调料有十几种，但是韭菜花的地位，始终难以撼动。北京的韭菜花是腌了后磨碎了的，带汁儿。

汪曾祺专门为韭菜花写过散文，他说，从前在科班里学戏，给饭吃，但没有菜。韭菜花、青椒糊、酱油，拿开水在大木桶里一沏，这就是菜。过去有钱人自己腌韭菜花，以韭花和沙果、京白梨一同治为碎齑，那就很讲究了。

东北人吃法又有不同。东北有个特色菜叫"余白肉"，用五花猪肉片，酸菜、粉丝加骨头汤炖一锅，佐以一碟韭菜花，或卤虾酱，或豆腐乳，或豆豉辣酱，或芝麻酱，是寒冷冬天里最常见的家常菜。

据说涮羊肉的吃法是从元代才开始的，有个传说是，当年元世祖忽必烈统帅大军南下。一日，人困马乏饥肠辘辘，他猛想起家乡的菜肴——清炖羊肉，于是吩咐部下杀羊烧火。正当伙夫宰羊割肉时，探马飞奔进帐报告敌军逼近。饥饿难忍的忽必烈一心等着吃羊肉，他一面下令部队开拔一面喊："羊肉！羊肉！"厨师知道他性情暴躁，于是急中生智，飞刀切下十多片薄肉，放在沸水里搅拌几下，待肉色一变，马上捞入碗中，撒下细盐。忽必烈连吃几碗翻身上马率军迎敌，结果旗开得胜。在筹办庆功酒宴时，忽必烈特别点了那道羊肉片。厨师选了绵羊嫩肉，切成薄片，再配上各种佐料，将帅们吃后赞不绝口。厨师忙迎上前说："此菜尚无名称，请帅爷赐名。"忽必烈笑答："我看就叫'涮羊肉'吧！"

作为陕西人，杨凝式的吃法可能跟游牧民族相似，这个下午茶真是奢侈啊！

今日断屠

以吃羊肉出名的古人不只杨凝式。陆游有诗云：

> 三亩青蔬了盘箸，一缸浊酒具杯筯。丈夫穷达皆常事，富贵何妨食万羊。

说的是唐武宗时期宰相李德裕，特别爱吃羊，一次朋党之争，他以为自己大限将至，结果高人指点，你这辈子得吃够一万只羊，现在还差五百只。

可没过多久，有人送来五百只羊，他不想要了。结果高人说，羊已经送到，就是你的了。不久，李德裕就死在了万里之外的崖州。

后来的文人用"食万羊"来表示"生死有命，富贵在天"。

宋人也喜欢吃羊肉，而且吃法很特别，叫"肉鲊"，宋代《吴氏中馈录》中有记载：

　　生烧猪羊腿，精批作片，以刀背匀捶三两次、切作块子。沸汤随漉出，用布内扭干。每一斤入好醋一盏，盐四钱，椒油、草果、砂仁各少许，供馔亦珍美。

看起来大概类似于一种肉末干，据传这道菜的发明与宋太祖赵匡胤有关。北宋建立不久，定都于杭州的吴越国王钱弘俶去东京城朝拜宋太祖赵匡胤，宋太祖命令御厨烹制南方菜肴招待，御厨仓促上阵，"取肥羊肉为醢"，一夕腌制而成，大受欢迎。因为腌得特别快，所以叫"旋鲊"。自此宋代皇室大宴，"首荐是味，为本朝故事"。

乾隆把《韭花帖》与颜真卿的《乞米帖》相比，有点不太恰当——

　　名翰留传谢韭花，轩轩举欲拟飞霞。驰情讵为盘餐计，乞米流风本一家。

杨少师"谢韭",源自性情,而颜鲁公"乞米",实属无奈。倒是苏轼有个朋友,深谙"以书换肉"的精髓。

此人叫韩宗儒,职位不高,平时吃不起羊肉。于是,他就想了个办法——给苏东坡写信!每得东坡一帖,于殿帅姚麟换羊肉数斤。

这件事被黄庭坚知道后,告诉了苏东坡。"昔王右军字为换鹅字。韩宗儒性饕餮,每得公一帖,于殿帅姚麟换羊肉十数斤。可名二丈书为换羊书。"

后来苏轼调到翰林院,文牍劳形,接到韩宗儒没话找话的几封信,知道他是等自己的回信去换羊肉吃,就托人带了个口信——"传语本官,今日断屠。"

"杨风子"

《韭花帖》不过记录了一件平常小事,一份美味,但在书法史上,却成为经典。黄庭坚评价:"世人尽学兰亭面,欲换凡骨无金丹;谁知洛阳杨风子,下笔便到乌丝栏。"他还在《山谷题跋》里写:"二王以来,书艺超铁绝尘,惟颜鲁公、杨少师相望数百年。"这评价老高了,又说:"余尝论右军父子翰墨中逸气……惟颜尚书、杨少师尚有仿佛。"

董其昌也说:"书谱曰'既得平正,须追险绝',景度之谓也。"

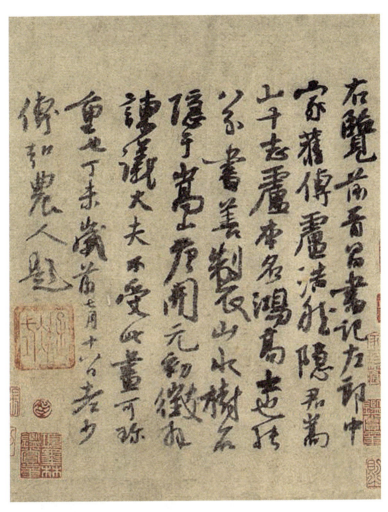

《草堂十志图》　〔唐〕卢鸿　杨凝式跋

景度是杨凝式的字，但他喜欢别人叫他"虚白"。庄子说"虚室生白，吉祥止止"，只有心底纯净的人才会生出美好。他还自号癸巳人，因为他生于癸巳。

杨凝式出身高贵，资性颖悟，见识独到，但形貌寝陋，处世慧黠。《尧山堂外纪》称他以"以心疾致仕"，因为他一到重要政治时刻就犯疯病，不得不辞官，人送外号"杨风子"。

第一次疯是在唐朝末年。朱温篡唐时，他的父亲杨涉，作为宰相要代表旧朝传达国玺。杨凝式为了能让父亲推掉此任，便开始装疯，他又怕事情败露殃及全家，越装越疯，后来大家就真的相信他疯了。

第二次疯是在后唐时期。后唐灭掉后梁，杨凝式作为前朝高官，不仅没受影响，反而升了职，负责在皇帝身边起草诏书。这份工作虽然权力很大，但也容易招来杀身之祸。他便装疯不上任，也不上朝，皇帝没办法，只好让他改任别职。

后来杨凝式改任兵部侍郎，又疯了一次。在皇帝阅兵时大喊大叫，最终阅兵被中止，皇帝碍于他名气大，加上本来就有疯病，只好让他回洛阳休养。

后晋灭了后唐，杨凝式也没受什么影响，顺利退休。可退休后的杨凝式没了俸禄，生活非常拮据。当时主政的桑维瀚便给了他一份太子少保的荣誉职位，让他有钱花。《韭花帖》可能就写于这个时期，从结尾的"伏惟鉴察"来看，对方一定是身份显贵之人。

杨凝式是进士出身，可他一生却是靠"疯"的方式自保。别人都当他是疯子，他也得以凭借这个政治标签，为自己赢得了宽松的政治环境和人际关系，历经唐、后梁、后唐、后晋、后汉、后周六个朝代，活到八十多岁，全身而退。

淡与不淡

看《韭花帖》，用笔、章法、姿态，清奇得很。可是，与《兰亭序》那种一气呵成的章法又有不同，它走走停停，就像一个旅人，有时着急赶路，有时驻足回望。

直到某天，我看到新疆楼兰出土的晋人残纸，有一《济逞白报帖》，出自西晋人之手。其章法、笔法也如此疏朗，才明白《韭花帖》胎息之处。

杨凝式未必见过《济逞白报》，但他一定从晋人书法中吸收了营养，这种营养甚至早于王羲之，也早于唐人临摹的《兰亭序》。所以黄庭坚才说"世人尽学兰亭面"，而杨——"下笔便到乌丝栏"。

后人是如何学习杨凝式的呢？杨凝式的清淡，被董其昌学到，用在了行书里。董其昌说："作文与作书同一关捩，大抵传与不传，在淡与不淡耳。"

董其昌的平淡，又被弘一法师吸收。他摒弃了董其昌的秀丽，把平淡变为冲淡，淡之又淡；淡到极致，淡到不食人间烟火。

杨凝式有一个很像王献之的癖好，一看到白墙（王是看到白衣少年）就兴奋若狂，引笔挥洒，且吟且书，壁尽方止。

他有点像法国后印象派画家高更，最爱"到此一游"，把

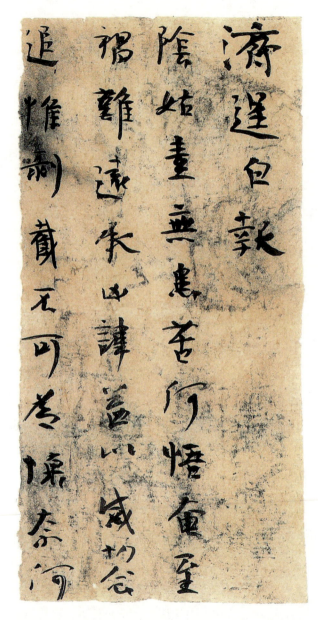

［前凉］楼兰残纸文书《济逞白报》

字都留在了断壁残垣上。他居住洛阳的时候，多次遨游佛道祠宇，遇到"山水胜迹"，凡有墙壁破损的地方，他就拿着笔，一边吟诗一边书写，像是与神仙对话。"洛川寺观蓝墙粉壁之上，题纪殆遍"。唐人冯少吉《山寺见杨少卿书壁，因题其尾》曰：

> 少师真迹满僧居，只恐钟王也不如。为报远公须爱惜，此书书后更无书。

《游宦纪闻》亦云：

> （杨凝式）既久居洛，多遨游佛道祠，遇山水胜概，辄留连赏咏。有垣墙圭缺处，顾视引笔，且吟且书，若与神会，率宝护之。……其所题后，或真或草，或不可原诘。而论者，谓其书自颜中书后，一人而已。

他的题壁书直到宋初还能见到，落款有：癸巳人、杨虚白、希维居士、关西老农、弘农人等等。黄庭坚《跋王立之诸家书》云：

> 余曩至洛师，遍观僧壁间杨少师书，无一不造微入妙，盖尝与吴生画为洛中二绝也。

董其昌说"宋苏黄米皆宗之"，言不虚也。其实何止苏、黄、米，宋代很多书家都以杨凝式为学习范本。苏颂云：

伯镇（章岷）所临中滩浴室记，是其书撰。文格虽不甚高而词气宏赡，犹有唐人之风范，亦可嘉也。

宋代书家李建中的《土母帖》也是行距舒朗，他的诗中分明有对杨凝式的倾仰：

杉松倒涧雪霜干，屋壁麝煤风雨寒。我亦平生有书癖，一回入寺一回看。

他的墨迹大多落于洛阳僧舍，而鲜见于楮纸。就连碑刻拓本，也极少流传于后世。

因书画出名，却不卖字画，求字者纸轴堆叠，他只浩叹曰："无奈许多债主，真尺二冤家也。"

他仿佛一出生便看透了一切，对于官职啊、名利啊，一概不感兴趣，在政治上退守打滚，在笔墨上纵放不羁。

他的人生理想就是无事可做。周邦彦有词《喜迁莺·梅雨霁》，写的是：

梅雨霁，暑风和。高柳乱蝉多。小园台榭远池波。鱼戏动新荷。　　薄纱厨，轻羽扇。枕冷簟凉深院。此时情绪此时天。无事小神仙。

这很像杨凝式的写照，他开心的时候就吃，不开心的时候就装装疯。不用加班，不用996，没事逛逛庙宇，在墙上写写字儿，写完了接着擦掉。

他就是在"院似禅心静，花如觉性圆。自然知了义，争肯学神仙"的理想中度过了他不平凡的一生。

或许，就是这样一个有着孩子般心灵的疯子，才会在吃到好吃的时候，动情地写道：充饥之余，铭肌、载切。

第二章

隐喻·暗中偷负去

自我来黄州，已过三寒食。

年年欲惜春，春去不容惜。

今年又苦雨，两月秋萧瑟。

卧闻海棠花，泥污燕支雪。

暗中偷负去，夜半真有力。

何殊病少年，病起须已白。

春江欲入户，雨势来不已。

小屋如渔舟，濛濛水云里。

空庖煮寒菜，破灶烧湿苇。

那知是寒食，但见乌衔纸。

君门深九重，坟墓在万里。

也拟哭途穷，死灰吹不起。

——苏轼《黄州寒食二首》

伟大的导演走错片场也能成就经典

残缺的文本

这世界已然有两个赤壁。一个是三国时期的古战场、"折戟沉沙铁未销，自将磨洗认前朝"的乌林赤壁；一个是苏东坡笔下、"大江东去，浪淘尽，千古风流人物"的黄州赤壁。

后者的历史，显然不是"雄姿英发，羽扇纶巾"的周瑜书写的，而是由苏东坡一手书写的。元丰五年（1082），被贬谪黄州的苏轼两次前往赤鼻矶，写下了"千古风流"的《念奴娇·赤壁怀古》和前、后《赤壁赋》。

现藏于台北故宫博物院的手卷《前赤壁赋》是苏轼于元丰六年（1083）重新书写的，释文曰：

壬戌之秋，七月既望，苏子与客泛舟游于赤壁之下。清风徐来，水波不兴。举酒属客，诵明月之诗[1]，歌窈窕之章。少焉，月出于东山之上，徘徊于斗牛之间。白露横江，水光接天。纵一苇之所如，陵（凌）万顷之茫然。浩浩乎如冯虚御风，而不知其所止；飘飘乎如遗世独立，羽化而登仙。

于是饮酒乐甚，扣舷而歌之。歌曰："桂棹兮兰桨，击空明兮溯流光。渺渺兮余怀，望美人兮天一方。"客有吹洞箫者，倚歌而和之。其声呜呜然，如怨如慕，如泣如诉；余音袅袅，不绝如缕。舞幽壑之潜蛟，泣孤舟之嫠妇。

苏子愀然，正襟危坐而问客曰："何为其然也？"客曰："'月明星稀，乌鹊南飞'，此非曹孟德之诗乎？西望夏口，东望武昌，山川相缪，郁乎苍苍，此非孟德之困于周郎者乎？方其破荆州，下江陵，顺流而东也，舳舻千里，旌旗蔽空，酾酒临江，横槊赋诗，固一世之雄也，而今安在哉？况吾与子渔樵于江渚之上，侣鱼虾而友麋鹿，驾一叶之扁舟，举匏樽以相属。寄蜉蝣于天地，渺沧海之一粟。哀吾生之须臾，羡长江之无穷。挟飞仙以遨游，抱明月而长终。知不可乎骤得，托遗响于悲风。"

苏子曰："客亦知夫水与月乎？逝者如斯，而未尝往也；盈（盈）虚者如彼，而卒莫消长也。盖将自其变者而观之，则天地曾不能以一瞬；自其不变者而观之，则物与我皆无尽也，而又何羡乎！且夫天地之间，物各有主，苟非吾之所有，

---

〔1〕现藏《前赤壁赋》字共六十六行，前五行三十六字已缺，由明代文徵明补书。

虽一毫而莫取。惟江上之清风，与山间之明月，耳得之而为声，目遇之而成色，取之无禁（尽），用之不竭。是造物者之无尽藏也，而吾与子之所共食（适）。"

客喜而笑，洗盏更酌。肴核既尽，杯盘狼籍（藉）。相与枕藉乎舟中，不知东方之既白。

卷末有：

轼去岁作此赋，未尝轻出以示人，见者盖一二人而已。钦之有使至求近文，遂亲书以寄。多难畏事，钦之爱我，必深藏之不出也。又有《后赤壁赋》，笔倦未能写，当俟后信。轼白。

傅尧俞，字钦之。曾担任御史，很有威望。但因为反对变法，与苏轼成为"患难兄弟"。苏轼被贬到黄州当一个虚职小官时，他直接被削掉官职，发配到黎阳县（今河南境内）的一个草料场劳作。苏轼在黄州"空庖煮寒菜，破灶烧湿苇"的时候，想必傅尧俞的日子也好不到哪儿去。史书对他的评价是"厚重言寡，遇人不设城府，人自不忍欺"。

那时，经历了"乌台诗案"的苏轼，自然明白"平生文字为吾累，此去声名不厌低"的道理。即使对自己的创作再得意，也不敢主动示人，只能将"朋友圈"设为一两人可见。而当元丰六年（1083），傅尧俞派人到黄州索取近文时，他既想分享又小心谨慎。

这份墨迹传至明代已经残缺，前五行是文徵明后补的，但自"歌窈窕之章"之后仍清晰完整。这就是墨迹与文学集的不

聲嗚嗚然如怨如慕如
泣如訴餘音嫋嫋不絕如
縷舞幽壑之潛蛟泣孤
舟之嫠婦蘇子愀然正
襟危坐而問客曰何為其
然也客曰月明星稀烏鵲
南飛此非曹孟德之詩乎
西望夏口東望武昌山川
相繆鬱乎蒼蒼此非孟德
之困於周郎者乎方其破
荊州下江陵順流而東也
舳艫千里旌旗蔽空釃
酒臨江橫槊賦詩固一世
之雄也而今安在哉況吾與
子漁樵於江渚之上侶魚
蝦而友麋鹿駕一葉之扁
舟舉匏樽以相屬寄蜉
蝣於天地渺浮海之一粟

藉乎舟中不知東方之既
白
軾去歲作此賦未嘗
輕出以示人見者蓋一
二人而已
欽之有使至求近文
益觀書以寄多難
畏事
欽之愛我必深藏之
不出也又有後赤壁
賦筆倦未能寫當
俟後信軾白

《前赤壁賦》 ［宋］苏轼 素笺墨迹 23.9cm×258cm 台北故宫博物院藏

104

赤壁賦

壬戌之秋七月既望蘇子與
客泛舟游于赤壁之下清風
徐來水波不興
誦明月之詩
舉酒屬客
歌窈窕之章
少焉月出於東山之上徘徊
於斗牛之間白露橫江水
光接天縱一葦之所如凌
萬頃之茫然浩浩乎如馮虛
御風而不知其所止飄飄乎
如遺世獨立羽化而登僊
於是飲酒樂甚扣舷而
歌之歌曰桂棹兮蘭槳
擊空明兮泝流光渺、兮

哀吾生之須臾羡長江之
無窮挾飛仙以遨游抱
明月而長終知不可乎驟
得託遺響於悲風蘇子
曰客亦知夫水與月乎逝者
如斯而未嘗往也盈虛者
如彼而卒莫消長也蓋將
自其變者而觀之則天地
曾不能以一瞬自其不變
者而觀之則物與我皆無
盡也而又何羨乎且夫天地
之間物各有主苟非吾之
所有雖一毫而莫取惟
江上之清風與山間之明
月耳得之而為聲目遇
之而成色取之無禁用之
不竭是造物者之無盡藏
也而吾與子之所共食客喜

同。如果只看文学集里的文本，《前赤壁赋》就是一篇对人生意义的思考；而墨迹里的文本，即使残缺仍有温度。如果只是思考人生，一千多年前苏轼不会小心翼翼写下这行："多难畏事，钦之爱我，必深藏之不出也。"

借山川

元丰四年（1081）秋，宋神宗发动了北宋开国以来最大的一次边疆战争。据说这场战争调动了三十五万大军，兵分五路，而实际加上运输民夫，大概有六十万人。

在对外问题上，苏轼不是一个保守派。他主张积极制止西夏入侵，认为最下之策就是"岁出金缯数十百万，以资强虏"。这一点，他与妥协屈节的老师司马光不同，倒是与跟他政见不合的王安石殊途同归。熙宁三年（1070），闻东州壮士熙河开边，被外放密州的苏轼难抑内心激动，写了一阕鼓舞士气的《江城子·密州出猎》：

老夫聊发少年狂。左牵黄，右擎苍，锦帽貂裘，千骑卷平冈。为报倾城随太守，亲射虎，看孙郎。　酒酣胸胆尚开张。鬓微霜，又何妨！持节云中，何日遣冯唐？会挽雕弓如满月，西北望，射天狼。

天狼就是入侵者西夏。苏轼甚至想，神宗会不会像汉文帝那样，派"冯唐"持节诏我，委以重任呢？到时我一定拉满弓，去边疆杀敌。

汉文帝时有个驻守边疆的功臣叫魏尚，因为报功时虚报了几个人头，被汉文帝捉拿下狱。大家都觉得，这点小过错，比起抗击匈奴的功劳，不值一提。可这些话，没人敢提。直到汉文帝一次偶然的机会碰到冯唐，一个最基层的小公务员、就是"冯唐易老，李广难封"的冯唐，才听从了他的建议，给魏尚官复原职。

可惜的是，现在的大宋，能像冯唐那样敢给皇帝提意见的人太少了，尤其是王安石第二次罢相之后。元丰四年，宋神宗终究还是一意孤行，发起了"复中国旧地，以成盖世之功"的国运之战。

战争前期捷报频传，远在黄州的苏轼也忍不住拍手击节，他在《闻洮西捷报》里写：

> 汉家将军一丈佛，诏赐天池八尺龙。露布朝驰玉关塞，捷书夜到甘泉宫。似闻指挥筑上郡，已觉谈笑无西戎。放臣不见天颜喜，但惊草木回春荣。

他甚至还在《谢陈季常惠一揞巾》里，再度"老夫聊发少年狂"——"臂弓腰箭何时去，直上阴山取可汗"。

但历史总是惊人的相似。

当年曹操拥兵八十万，气吞万里如虎，一举灭荆，目中无吴，但他忘了北方兵将不识水性的弱点，更别说，东风还与周郎便。

而宋兵也是如此。他们忘记自己不善骑兵，而选在膘肥马壮的秋天发起进攻。由于将军无能、互相嫉妒，虽然以多打少，但仍在灵州（今宁夏灵武）城下被打得溃散逃窜。

所以，"壬戌之秋，七月既望"，苏轼才与"客"泛舟游于赤壁之下，有了《前赤壁赋》的诞生。其实"客"是谁并不重要，"客"也不一定真的说过"月明星稀，乌鹊南飞，此非曹孟德之诗乎"，苏轼不过要借曹操来抒发下心中的愤懑罢了。

哪怕他去的并不是那个让曹孟德不可一世的古战场，可"赤壁何须问出处，东坡本是借山川"，伟大的导演，即使走错片场也能成就经典。

"横槊赋诗，固一世之雄也，而今安在哉？"东坡不是来"吊古"的，他不过想借曹操讽刺骄纵轻敌而惨遭失败的当权派。

同游赤壁

《前赤壁赋》开始，是一段初秋景色的描写。《念奴娇·赤壁怀古》中，赤壁之水呈现出"惊涛拍岸、卷起千堆雪"的雄奇景象；而到了《前赤壁赋》，则是"白露横江，水光接天"的怡人画境。苏轼跟友人唱的歌是："桂棹兮兰桨，击空明兮溯流光。渺渺兮予怀，望美人兮天一方。"

这段歌辞是有意模仿屈原《九歌》中《湘君》"桂棹兮兰枻"，这是一种托喻，屈原很擅长用这种修辞手法，他常以"美人"自比，感慨才华不被楚怀王欣赏。苏轼在这里显然也不是想到某个美人，而是借屈原的手法来抒发他对君王的情感和报国无门、壮志难酬的悲愤。

作为一名士大夫，苏轼的报国壮志总是寄托在"忠君"的基础上，但所忠之君并不信任他，身边还被群小围绕，这处境与屈原何其相似？

所以，读到"泣孤舟之嫠妇"，也不要以为真的有一个寡妇半夜跑到船上。托喻这种修辞，带来的浪漫主义色彩十分浓厚，但古往今来，没几个大师能驾驭得了。李白写《蜀道难》，并没有亲自去过蜀道，至今也没有人知道，这么难以攀登的地方到底在哪里。杜牧也没有亲眼见过阿房宫的宏伟壮丽，甚至连阿房宫是否存在都不知道，可人们总说"秦爱纷奢"，是《阿房宫赋》深入人心的结果。

但苏轼不同于屈原，他是个极度乐观主义者，他对待小人的态度就是"以不变应万变"。

元丰五年"十月之望"，苏轼与友人再游赤壁。七月之游，赤壁"清风徐来，水波不兴"，而十月之游却是"霜露既降，木叶尽脱"。同游的人也许未变，但季节和心境已经变了。因为这年九月，宋神宗发动了第二次边疆战争。

这次的失败更惨痛，宋神宗信任的小人抓住皇帝好大喜功的心理，在西夏国门与横山之间修筑永乐城，大吹"西北可唾手取"。结果呢？西夏大兵压城之际又开始标榜宋襄公的"不鼓不成列"，导致城内将士全军覆灭。最惨的是，一大半人是渴死的，"至绞马粪饮之"。

这场战争有多惨烈？张舜民的《西征回途中二绝》，第一首已是暗示了有去无回的结局：

灵州城下千株柳，总被官军斫作薪。他日玉关归去路，将何攀折赠行人。

第二首更是能读出宋军的伤亡惨重：

　　青铜峡里韦州路，十去从军九不回。白骨似沙沙似雪，将军休上望乡台。

张舜民，字芸叟，是苏轼的好友。灵州那场惨败，他是亲历者、大将高遵裕的参谋。元丰六年（1083）六月底，张舜民被贬往郴州，专门绕道来黄州探望苏轼。而他被贬的原因，正是那两首"妄议时政"的绝句。

在东坡雪堂，张舜民一五一十，给苏轼还原了宋军兵败灵州的经过。他们还同游鄂州（今湖北武昌）西山，张舜民留下一首《元丰癸亥秋舣舟樊口》：

　　江上秋风九日寒，故人樽酒暂相欢。如何塞北无穷雪，却坐樊山竹万竿。

也许，张舜民正是苏轼给傅尧俞手卷中所写的，"见者盖一二人"中的一两人吧？

这次失败直接导致北宋国势骤弱，短短几个月，大宋国土已经面目全非，一片衰败之相，正应了《后赤壁赋》那句："曾日月之几何，而江山不可复识矣！"

作为媒介的赤壁

虽然苏轼很擅长运用想象的手法，但遇到仙鹤这事应该是真的。他在《为杨道士书帖》里载：

> 十月十五日，与杨道士泛舟赤壁，饮醉。夜半，有一鹤自江南来，掠予舟而西，不知其为何祥也。

三年后的元丰八年（1085），宋神宗郁郁而终。他的母亲高太后垂帘听政，作为旧党的苏轼得到了火箭式提升，还曾担任哲宗皇帝的老师。但随着高太后在元祐八年（1093）去世，苏轼的厄运再次来临。带着对祖母的叛逆，十八九岁的年轻皇帝很快就把苏轼赶出了京师，派往定州（今河北定县）。

逃离了党争的苏轼反而分外轻松，在定州，他得了一块心仪的石头，取名《雪浪石》，"承平百年烽燧冷，此物僵卧枯榆根"。

但在定州，屁股还没坐热，朝廷的谪命就一道接着一道袭来：先被贬往英州，就任途中又改贬惠州，最后被贬为建昌军司马，不得签署公事，又成了没有公务的虚官。

可惠州不是苏轼的终点，海南儋州才是他最后的谪居之所。而经过这些年的漂泊，留在定州的雪浪石早已不知所终。七年后，张舜民任定州知州，几经查访，终于在建中靖国元年（1101）九月寻回石头。正欲写信相告，才知两个月前，苏轼已在北归途中去世，悲痛中写下：

石与人俱贬，人亡石尚存。却怜坚重质，不减浪花痕。
满酌山中酒，重添丈八盆。公今不归北，万里一招魂。

而苏轼，早在元丰六年就兑现了他给钦之的承诺。虽然没有墨迹和文本流传，但在徐州博物馆藏有苏轼二赋的行书石刻，跋语曰：

去年作《赤壁赋》，未尝轻出以示人。钦之有使至，求近文，遂楷书前赋以寄。后赋笔倦未写。今日钦之来持长卷索大书二赋，故复走笔。此二卷虽一挥而就，然几不能胜其任。钦之加意迷藏，方见爱我之深也。元丰六年十月廿四日，眉山苏轼并记于黄州临皋亭。

原来，傅尧俞收到《前赤壁赋》手卷后，又专程去了趟黄州，求得赤壁二赋。虽然多难畏事，深藏不出，可仍然不能阻挡，在苏轼去世之后，赤壁二赋成为广为流传的不朽名篇，而东坡赤壁也成了后世打卡的文艺景观。

多年以后，范成大路过黄州赤壁，借宿苏轼住过的临皋亭，才发现，"未见所谓'乱石穿空'及'蒙茸''巉岩'之境，东坡词赋微夸焉"。也许，那次让人"攀栖鹘之危巢，俯冯夷之幽宫"的探险之旅，说的本就不是眼前的江山景物？

直至近代，随着江水逐渐向西退却，赤壁二赋中所描述之景早已不复存在。清人王心敬忍不住感慨：

处处登临见手题，春风忆旧每生悲。黄州墨妙留名胜，尽是他年堕泪碑。

堕泪碑是襄阳百姓为纪念西晋太傅羊祜而建，经过多年风霜与战乱，原碑早已不见，更别说碑文。但这并不影响历朝历代一次次重建，文人墨客一次次瞻仰，留下名句无数。

东坡赤壁就是这样，不管它到底是不是那个古战场，不管它是否在地理上还存在，每个人都有自己心中的赤壁。

直到赵孟頫、张瑞图、祝允明、文徵明、董其昌、赵构书写的《赤壁赋》都成了文物，直到武元直的《赤壁图》、仇英的《赤壁图》、方熏的《赤壁图》、马和之的《后赤壁赋图》和文徵明的《仿赵伯骕后赤壁图》代代流传，关于东坡赤壁的叙事还在继续……

苏轼的苦心并不是杳无知音。明代杨慎《三苏文范》引文徵明语：

东坡先生元丰三年谪黄州，二赋作于五年壬戌，盖谪黄之第三年，其言孟德气势皆已消灭无余，讥当时用事者。尝见墨迹寄傅钦之者云："多事畏人，幸勿轻出"，盖有所讳也。然二赋竟传不泯，而一时用事之人何在？

这样的一语看破，不是堪使苏轼含笑九泉了吗？

《仿赵伯骕后赤壁图》局部　［明］文徵明　绢本　31.5cm×541.6cm　台北故宫博物院藏

来自十一世纪的手抄朋友圈

羊皮纸与印刷术

16 世纪 90 年代，威廉·莎士比亚把甜蜜的《十四行》诗抄在羊皮纸上，分享给好朋友。但此诗传阅的范围很快就突破了好友圈，让他名气大增。1598 年，一家出版社出版的诗集收录了他的《十四行》诗。次年，又有一本以莎士比亚为作者的诗集《热情的朝圣者》出版，哪怕这里面只有几首诗是莎士比亚写的。

如果手稿也算一种传播媒介，那么莎上比亚的社交方式绝对不是什么新鲜事物。至少在 11 世纪，苏轼就已经这样做了。

这里说的手稿不同于我们之前所理解的，那个狭义上的手稿。古人在写文章、写信之前，喜欢打草稿，这个草稿就是手稿；有时候随写个便签，也是手稿。但这个不同，与上述的手稿相比，它是为对抗印刷术而产生的一种社交媒介；也不像普通书信那样有署名，也没有落款；而且，它只在私密的社交空间传播。于是，姑且称它为"手抄朋友圈"吧。

小屋空庖煮寒菜
破竈燒濕葦那
知是寒食但見烏
銜紙君門深
九重墳墓在萬里也擬
哭塗窮死灰吹不
起
右黃州寒食二首

《寒食帖》　［宋］苏轼　纸本　34.2cm×199.5cm　台北故宫博物院藏

自我来黄州已過三寒
食年年欲惜春春去不
容惜今年又苦雨兩月秋
蕭瑟臥聞海棠花泥
汙燕支雪闇中偷負
去夜半真有力何殊
年少病起頭已白
春江欲入戶雨勢來
不已小屋如漁舟濛

元丰五年（1082）二月，谪居黄州的苏轼沉浸在雪堂落成的喜悦里。

这是他来黄州的第三年。刚到黄州时，苏轼与儿子苏迈借住在一座叫定惠院的小寺庙里。不到半年，弟弟苏辙便将苏轼的家人送往黄州。眼看二十多口人无法在小寺庙安身，老友朱寿昌（时任鄂州知州）将苏轼一家安排在了长江边的临皋亭。这是一所官府驿站。

第二年，苏轼又在朋友马正卿的帮助下，从黄州知州徐君猷那里讨了五十多亩旧营地，这块营地在城东门外一个小山坡上，苏轼带着家人种上果菜，养了蚕，过上了鸡鸣犬吠、躬耕乐道的生活。

第三年，苏轼在东坡上构筑的五间小房终于竣工，那天黄州城飘起了雪花，他便在门楣上手书四个大字：东坡雪堂。

自此，苏轼有了接待朋友的地方。这是临皋亭之外的又一个居所，他也因此自号"东坡居士"。

与此同时，元丰西征失败的消息从远方传来。虽然对于这一场败仗，官媒只字未提，对于实际的伤亡数字，也有多种版本。但可以确定的，苏轼一直在关注前线的战况，他有自己的消息源。这是北宋建国以来第一次主动对西夏出击，也是宋神宗任上的第一场败仗。

雪堂建成后一个月，苏轼写下《寒食帖》，释文曰：

自我来黄州，已过三寒食，年年欲惜春，春去不容惜。今年又苦雨，两月秋萧瑟。卧闻海棠花，泥污燕支雪。暗中

118

偷负去，夜半真有力。何殊病少年，病起须已白。

春江欲入户，雨势来不已。小屋如渔舟，濛濛水云里。空庖煮寒菜，破灶烧湿苇。那知是寒食，但见乌衔纸。君门深九重，坟墓在万里。也拟哭途穷，死灰吹不起。

这就是被后世称作第三大行书的《寒食帖》，帖尾还有一句：

右黄州寒食二首。

没有署名。此帖目前收藏在台北故宫博物院，其实看墨迹，它的题目应该是《黄州寒食二首》。题跋和钤印显示，最早的收藏者是河南永安县知县张浩。

张浩，蜀州（今四川崇州）江源人。他的父亲张公裕是宋仁宗时的进士，任秘阁校理时与黄庭坚的舅舅李常是同事。张浩进京见父时，还专门去拜见了李常。通过李常，他认识了黄庭坚，并与之成为好友。

苏轼的这封手稿是直接写给张浩，还是通过特定的读者圈传播，最终传到张浩手里，我们不得而知。但我想大概率是后者，因为它不像普通手稿或书信那样，有署名和落款。

战争隐喻

在苏轼的文集收录中，"泥污燕支雪"大多用"燕脂"二字，但通过墨迹我们可以清晰地看到，苏轼当时的确是写的"燕支"。

燕支是匈奴语，也可作胭脂、燕脂、臙脂、烟支、烟脂、焉支等。它是一种草本植物的名称，又称"红蓝"，因为花为红色，叶子似蓝，是游牧民族妇女制作腮红的原材料。盛产燕支的山就是焉支山。

虽然它有很多名字，但唐诗里最常用的还是"燕支"这一称呼，苏轼也沿用了唐人的习惯用法。杜甫有诗："林花着雨燕支湿，水荇牵风翠带长。"杜牧也写过："青冢关头陇水流，燕支山上暮云秋。"岑参曾写："燕支山西酒泉道，北风吹沙卷白草。"天宝十一至二年（752—753），李白沿太行山北上，行至云中（今内蒙古自治区），凭吊了昭君墓，写下《王昭君二首》：

汉家秦地月，流影照明妃。一上玉关道，天涯去不归。汉月还从东海出，明妃西嫁无来日。燕支长寒雪作花，蛾眉憔悴没胡沙。生乏黄金枉图画，死留青冢使人嗟。

昭君拂玉鞍，上马啼红颊。今日汉宫人，明朝胡地妾。

李白这首诗好像没有写完，明明是二首，但第二首仅余四句五言。最妙的一句，"燕支"对"蛾眉"。燕支既是妇女的彩妆，也是匈奴所在地燕支山；蛾眉既是弯弯的眉毛，也是美女昭君。李白感叹昭君生前没用黄金贿赂画师毛延寿，白白老死在塞北之地。看似是怜昭君，实则是感叹自己的命运。

天宝元年（742），李白终于解决了"公务员"的身份，为朝廷效力，却因得罪权臣，于天宝三年（744）被赐金放还。但李白一点也不怪唐玄宗，反而觉得"君王虽爱蛾眉好，无奈宫中妒杀人"。

不知道为什么，看到苏轼的"卧闻海棠花，泥污燕支雪"，就让我想起李白的"燕支长寒雪作花，蛾眉憔悴没胡沙"。

熙宁元年（1068），与苏轼同年的进士王韶向宋神宗献上《平戎三策》，"欲取西夏，先复河湟"，河湟就是今天的甘肃、青海一带。在宰相王安石的支持下，王韶先收复蛮族，占领武胜，后改武胜为熙州。据说霍去病当年也是从这里越过燕支山，大破匈奴。匈奴失祁连、燕支二山，乃歌曰："亡我祁连山，使我六畜不蕃息；失我燕支山，使我妇女无颜色。"

王韶只用了一年的时间，便收复宕（今甘肃宕昌）、叠（今甘肃迭部）、洮（今甘肃临潭）、岷（今甘肃岷县）、河（今甘肃临夏）、熙（今甘肃临洮）六州，依稀让人看到了千年以前的霍将军。

而宋神宗元丰四年（1081）秋末的一场西征（见上篇），让之前的努力功亏一篑。"灵武之役，丧师覆将，洗炭百万"，大宋聚敛十多年的财富毁于一旦。

《寒食帖》里的"卧闻海棠花，泥污燕支雪"，就像李白的"燕支"与"蛾眉"一样，"海棠"与"燕支"是对语，都代表了花与颜色。但"燕支"还有另一层含义，就是燕支山。不知苏轼在这里，是否有战争的隐喻？

实际上的焉支山，既不在王昭君的青冢，也不在元丰西征的灵州，它在今天甘肃河西走廊山丹县。但它是西北最富有历史意味的地名，而且它的读音与"胭脂"一样，有其词汇上的色彩感。苏轼用"燕支"这个词，很可能就是看中了它的双重象征。

所以，"卧闻海棠花，泥污燕支雪"这句话便有两层含义，表面上是：躺在病榻上的我闻到了海棠花的香气，花瓣掉落泥土里就像胭脂雪。而更深一层的隐喻是：病榻上的我闻到了海棠花的香气，西夏的铁骑踏过燕支山的雪。

如此一来，便能理解何为"暗中偷负去，夜半真有力。何殊病少年，病起须已白"。

"夜半真有力"出自《庄子集释》卷三上（内篇·大宗师）："夫藏舟于壑，藏山于泽，谓之固矣。然而夜半有力者负之而走，昧者不知也。"上一次看到这个词，还是在《世说新语·任诞》里：

> 王子猷诣郗雍州，雍州在内，见有氍毹，云："阿乞那得此物！"令左右送还家。郗出觅之，王曰："向有大力者负之而趋。"郗无忤色。

王子猷就是王羲之的儿子王徽之，他去拜访表弟郗恢，看到有进贡的上好毛毯，便让侍从搬回自己家。郗恢问起来，他说，是有大力者负之而走。郗恢听懂了，也不好再生气。

元丰西征之前的大宋，形势大好；而灵武之役后的大宋，损失惨重、军心溃散。自以为胜券在握，而"夜半有力者"轻易就把山河"偷"走了。

写此诗时，苏轼已经虚岁四十六。无论古代还是现在，四十六岁都不能算少年了，但他还是写下了"何殊少年子"。思考后又把"子"点掉（原帖上"子"旁有三点，即去掉的意思），在"殊"与"少"之间，添了一个"病"字。

一首诗里连续出现两个"病"字，是苏轼这个级别的诗人无意犯的错吗？当然不是，从墨迹我们可以清晰地看到，他是有意又加一个"病"字。

这场大战前，大宋还是一个朝气蓬勃的少年，经此一役（病），变成一个胡须花白的垂垂老者。

巧语与瘐词

苏轼不是第一个用"手抄朋友圈"社交的人，但这种方式在他的社交圈内特别明显。大概是写《寒食帖》的同一年，苏轼在写给友人王巩的诗中说：

> 平生我亦轻余子，晚岁人谁念此翁。巧语屡曾遭蕙苡，瘐词聊复托芎䒽。子还可责同元亮，妻却差贤胜敬通。若问我贫天所赋，不因迁谪始囊空。

王巩，字定国，是苏轼乌台诗案的难兄难弟。苏轼被贬到黄州做"检校水部员外郎、黄州团练副使，本州安置，不得签署公事"时，有三人因收有苏轼文字而谪降：王诜、苏辙、王巩。

乌台诗案被贬谪的官员中，王巩是被贬得最远的，岭南宾州（今广西宾阳）。很多年后王巩带着侍妾宇文柔奴从岭南归来，苏轼为他们写下《定风波·南海归赠王定国侍人寓娘》：

常羡人间琢玉郎，天应乞与点酥娘。尽道清歌传皓齿，风起，雪飞炎海变清凉。　　万里归来颜愈少。微笑，笑时犹带岭梅香。试问岭南应不好，却道：此心安处是吾乡。

在黄州的四年，苏轼与王巩仍在互赠诗歌。实际上，"乌台诗案"并没有让他停止创作，苏轼曾说"吾文如万斛泉源，不择地皆可出"，只不过，他的手稿、尺牍，只在私密的朋友间传播。

乌台诗案前，苏轼的诗已然是畅销书。在杭州为官时，当地书商就收集刊刻了《苏子瞻学士钱塘集》。那时印刷术多用来出版经、史、子、集，即使出诗集也都是已经过世的李白、杜甫。苏轼大概是有史记载的、第一个在世时就出了诗集的人。因为卖得太好，竟又陆续出了再版、三版。这些诗大多是同情农民，反映下层人民生活苦难的：

富人事华靡，彩绣光翻座。贫者愧不能，微挚出春磨。（《岁晚三首·馈岁》）

人间行路难，踏地出赋租。不如鱼蛮子，驾浪浮空虚。（《鱼蛮子》）

谁怜屋破眠无处，坐觉村饥语不罢。惟有暮鸦知客意，

惊飞千片落寒条。(《十二月十四日，夜，微雪，明日早，往南溪小酌，至晚》)

三年东方旱，逃户连欹栋。老农释耒叹，泪入饥肠痛。(《除夜大雪留潍州元日早晴遂行中途雪复作》)

这些诗集最后传入皇宫，与《邸报》上的《湖州谢上表》一起，成为政敌攻击他的罪证。

而元丰四年，苏轼在这首诗中告诉王巩，他现在写诗多用隐语。"巧语屡曾遭薏苡，廋词聊复托芎䓖。"廋即隐，廋词就是隐语。薏苡是一味中药，也暗含一个典故。后汉将军马援远征南方时用薏苡来除瘴气，之后又装满车带回京城，结果被人诽谤成装了许多"珍珠文犀"。芎䓖即川芎，也是一味中药。

苏轼的意思是，既然巧妙的语词会遭受诽谤，那不如用隐语来表达真实的想法。"廋词"的使用，或许是乌台诗案对他诗风最大的改变，不知"燕支"是否在此列。

《寒食帖》的第二首，苏轼从眼前的景象写起。"春江欲入户，雨势来不已"，苏轼一家所住的临皋亭在长江旁边，虽然遗迹早已不在，但通过这行诗，我们脑海中可能会生成一个水上驿站的图景。

而接下来，苏轼写了一个"雨"字。但也许是想到前面已经有一个"雨"字，于是点掉了。这又从另一个角度说明，第一首的两个"病"是有意而为之。

写完"小屋如渔舟，濛濛水云里"之后，苏轼的视角从屋外到了屋内。"空庖煮寒菜，破灶烧湿苇。那知是寒食，但见乌衔纸。"寒食是禁火的，可苏轼显然是忘了，直到看见乌鸦衔着没烧完的纸钱。

乌鸦、纸钱……这幅图景在白居易的《寒食野望吟》里也似曾出现过：

> 乌啼鹊噪昏乔木，清明寒食谁家哭。风吹旷野纸钱飞，古墓垒垒春草绿。棠梨花映白杨树，尽是死生别离处。冥冥重泉哭不闻，萧萧暮雨人归去。

但苏轼的最后两句，"君门深九重，坟墓在万里。也拟哭途穷，死灰吹不起"，是白居易这首不可及的。就连李白的《王昭君二首》，也因为缺了最后几句，让人觉得有未尽之意。

元丰元年（1078），苏轼在《代张方平谏用兵书》中告诫宋神宗："圣人不计胜负之功，而深戒用兵之祸。"圣明的君主不会计较战争胜负的功劳，只会谨防发动战争的祸患。他还详细列举了诸多导致失败的因素。后来证明，苏轼的这些分析是完全正确的，但宋神宗当时竟置若罔闻、弃之不顾。

"也拟哭途穷"是借用了阮籍穷途之哭的典故，但也似在回应老杜的那句"此身醒复醉，不拟哭途穷"。山河破碎之时，他们报国无门，皆是看客；身虽废弃，而心犹恋阙。

他所思念的君王，与他政见乖谬，已分道扬镳。如今他罪臣在身，与君相隔万里。这个寒食节的夜晚，不知君王是否会想起他，就像一千多年前的重耳与介子推……一片蹭蹬失意、悲愤交集，俱在"死灰吹不起"中叹开。

递藏与题跋

这件《寒食帖》几经辗转，到了张浩手里。而因其政治隐喻，藏者必"深藏不出"，哪怕是苏轼仕途较为辉煌的元祐年间，从《寒食帖》的题跋就可看出。最后一位给《寒食帖》点"赞"的，是黄庭坚。

元符三年（1100），一艘大船从戎州（今四川宜宾）出发，沿青衣江溯流而上。被贬谪三年的黄庭坚站在船头，柳暗花明。

哲宗驾崩，徽宗继位。因徽宗年少，向太后执政，党禁松弛。一年之内，他"荣恩三命"，担任宣义郎、监鄂州（今湖北武昌）在城盐税。虽然也不是多大的官职，但对黄庭坚来说，至少能拿到俸禄了。

因长江水位上涨，他无法直接穿过三峡，便决定先去青神看望姑母黄寿安。七月二十四日，在廖致平的盛邀下，黄庭坚在牛口庄过夜，留下著名的《青衣江题名卷》（现藏于中国国家博物馆）。

八月十一日，青神渐渐近了。而张浩早已等候在此，拿出珍藏已久的《寒食帖》。于是，便有了下面这段"隔空"对话：

东坡此诗似李太白，犹恐太白有未到处。此书兼颜鲁

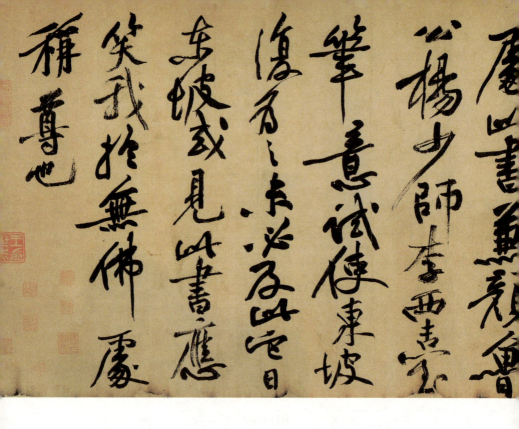

公、杨少师、李西台笔意。试使东坡复为之，未必及此。它日东坡或见此书，应笑我于无佛处称尊也。

　　东坡此诗，像李太白的某首诗，还是像李太白的某种风格或修辞，黄庭坚没有细说。在书法上，有颜真卿、杨凝式和李建中的笔意，这三人是中唐以来的三代"顶流"，在书法上也一脉相承。"试使东坡复为之，未必及此"，这话从黄庭坚的口中说出，更能说明此帖既是苏轼的手稿，也是草稿。

　　关于作诗，苏轼有句名言："冲口出常言，法度去前轨。人言非妙处，妙处在于是。"在苏轼看来，作诗就像说话一样

黄庭坚跋《寒食帖》

通俗、自然。看《寒食帖》墨迹的修改痕迹就能知道，他的确达到了这种境界。

正因为苏轼作诗时的自然流畅、不费雕琢，才让他的书法"无意于佳乃佳尔"。所以黄庭坚说，假如再写一遍，东坡未必能写得这么好。

"应笑我于无佛处称尊也"——黄庭坚总是把其与苏轼的师生关系摆得很端正，这一点从不因苏轼的哪次贬谪而改变。他青年时给苏写信便以"贱生"自称，尊苏为"先生"；及至晚年，如遇同座有人拿"苏黄"并提，他都会离席惊避："庭坚望东坡门弟子耳，安敢失其序哉！"

那时他坚信东坡一定会见到此书。建中靖国元年（1101），黄庭坚得知苏轼获赦，从儋州北还，开心地写下《病起荆江亭即事十首·其七》：

文章韩杜无遗恨，草诏陆贽倾诸公。玉堂端要真学士，须得儋州秃鬓翁。

他以为老师还能像之前的两次贬谪一样，重回庙堂，担当重任。哪知七年的南荒生涯，已经让苏轼老病缠身，鬓髯尽脱，到常州便一病不起，终是没能再见一面。《寒食帖》后的题跋落笔不到一年，与老师竟天人永隔。

苏轼尚未落葬，崇宁党禁再起。诏籍元祐党人，待制以上以苏轼为首恶，子孙不得任京职，宗室不得与之通婚。刻党人碑立于端礼门，据说是徽宗和蔡京所书。几年前辽宁省博物馆办了一个"山高水长——唐宋八大家主题文物展"，顺带着展了徽宗的《瑞鹤图》。而那"元祐党籍碑"拓本，与C位的欧阳修、苏轼、苏辙放在一个展厅，何其讽刺。

那时，苏轼的文章手稿、文集和木版石刻都被销毁，民间读他文章的人也不敢直呼其名，都暗称昆陵先生，乃昆仑山神仙是也。但苏轼就是有这种魔力，从表面看他的真迹已被"国禁"，但朝廷中枢包括宋徽宗本人都在疯狂收集他的书法。

而《寒食帖》这样的"绝代之珍"，又有苏黄两大家争奇斗艳，却除藏家张氏之外再无宋人墨迹。草蛇灰线，尽在数行题跋里。

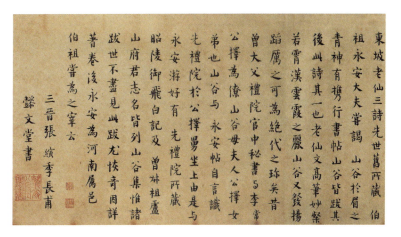

東坡老仙三詩先世舊所藏伯
祖永安大夫嘗謁山谷於眉之
青神有攜行書帖山谷皆跋其
後此詩其一也老仙文高筆妙繫
若霄漢雲霞之麗山谷又發揚
蹈厲之可為絕代之珎矣昔
曾大父禮院官中秘書与李常
公擇為僚山谷母夫人公擇女
弟也山谷與永安帖自言識
先禮院於公擇家坐上由是與
永安游好有　先禮院所藏
昭陵御飛白記及曾叔祖盧
山府君志名皆列山谷集惟諸
跋世不盡見此跋尤恢奇因詳
著卷後永安為河南屬邑
伯祖嘗為之宰云
　三晉張縯季長甫
蠡文堂書

张縯跋《寒食帖》

　　张縯[1]，字季长，南宋人，隆兴元年（1163）进士。他在《寒食帖》跋里提到，伯祖父张浩在青神拜访黄庭坚那次，办了三件事，一是为家中善颂堂所藏东坡的三幅诗作跋，二是为家中所藏宋仁宗飞白御书作记，三是为曾叔祖卢山府君（张公邵）作墓志铭。他还提及，张浩是通过李常这层关系认识的黄庭坚。

　　淳熙四年（1177），四川制置使范成大曾造访善颂堂，张縯向他展示了所藏司马光赠诗、山谷跋仁宗御书等，却只字未提《寒食帖》。

---

　　〔1〕有版本将张縯写作张演，因其字季长，演即为长的意思。我在这里依原帖取"縯"。另据［日］近藤一成《苏轼〈黄州寒食诗帖〉与宋代士大夫》一文考据："公裕有洞、浩、洪三子，张縯称张浩为伯祖"，可知张縯此辈取名应为"糹"。

陆游曾两任蜀州通判，根据善颂堂题名碑出土位置来看，他的诗《宿江原县东十里张氏亭子未明而起》，"张氏亭子"即善颂堂。范成大造访那次，陆游也曾同游。陆游与张缜交游四十年，八十三岁高龄还为其作祭文《祭张季长大卿文》。他一生酷爱苏轼书法，却从未见过与《寒食帖》相关的记载。

只有一种可能，就是在当时的政治背景下，张氏无法判断这件作品能带来什么后果，而转为私密递藏，私密到连与张缜"异体同心，有善相勉"的陆游都未曾见过。

苏轼病逝后一年（1102），黄庭坚去了鄂州西山。这是苏轼谪居黄州时，经常带朋友过江游览的地方。元祐元年（1086），被起用的苏轼曾作《武昌西山》一诗，引发三十余人赓和的和诗盛况：

春江渌涨蒲萄醅，武昌官柳知谁栽。忆从樊口载春酒，步上西山寻野梅。西山一上十五里，风驾两腋飞崔嵬。同游困卧九曲岭，褰衣独到吴王台。中原北望在何许，但见落日低黄埃。归来解剑亭前路，苍崖半入云涛堆。浪翁醉处今尚在，石臼杯饮无樽罍。尔来古意谁复嗣，公有妙语留山隈。至今好事除草棘，常恐野火烧苍苔。当时相望不可见，玉堂正对金銮开。岂知白首同夜直，卧看椽烛高花摧。江边晓梦忽惊断，铜环玉锁鸣春雷。山人帐空猿鹤怨，江湖水生鸿雁来。请公作诗寄父老，往和万壑松风哀。

那时的苏轼，寄情山水，也思归中原。那时的黄庭坚，也作了《次韵子瞻武昌西山》。他与苏轼神交多年，也曾受"乌台诗案"之累，可直到元祐元年才第一次见面。那时还有秦观、张耒、晁补之，那是他们唯一共事的时光。

可这次走到松风阁，心境完全不同。他想起天人永隔的东坡，便再作一首：

> 依山筑阁见平川，夜阑箕斗插屋椽，我来名之意适然。老松魁梧数百年，斧斤所赦今参天，风鸣娲皇五十弦，洗耳不须菩萨泉。嘉二三子甚好贤，力贫买酒醉此筵。夜雨鸣廊到晓悬，相看不归卧僧毡。泉枯石燥复潺湲，山川光辉为我妍。野僧旱饥不能饘，晓见寒溪有炊烟。东坡道人已沉泉，张侯何时到眼前？钓台惊涛可昼眠，怡亭看篆蚑龙缠。安得此身脱拘挛？舟载诸友长周旋。

这便是《松风阁诗帖》。此时正值崇宁党禁，而黄庭坚仍不停手对老师的悼念与诗作。而这墨迹竟走过江湖风雨，流传至今，收藏在了台北故宫博物院。

未能与老师同游西山是黄庭坚最大的遗憾。崇宁二年（1103）正月，黄庭坚在梦中实现了愿望。在武昌西山溪水间，他给老师诵其近作，得到赞扬"公诗进于曩时"，二人依然诵诗评诗，梦中情景竟与苏轼生前无异。

这一年十二月，黄庭坚再度被贬。离开鄂州时，"邻里烦追送"，他说，我应该会老死在蛮瘴之乡。"祗应瘴乡老，难

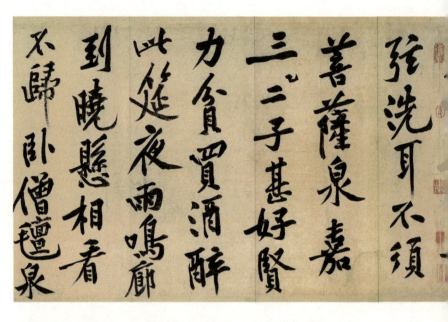

弦洗耳不須　菩薩泉嘉　二三子甚好賢　力貧買酒醉　此筵夜雨鳴廊　到曉懸相看　不歸卧僧氈泉

臺　畫眠恰亭午　篆蚊龍縉安　得此身脫拘攣　身載諸友長　周旋

《黄庭坚松风阁诗》　纸本　台北故宫博物院藏

依山築閣見平　松風閣
川夜闌箕斗插
屋椽我來名之
意適然老松魁
梧數百年斧
斤所赦令參天

山川光暉為我　枯石燥復潺湲
妍野僧早旱
餉不能饘曉
見寒溪有炊
煙東坡道人
已沈泉張簑何
時到此的

答故人情"，写完这首诗，黄庭坚在宜州（今广西宜山）贬所溘然长逝。

《松风阁诗帖》里最后一句，"安得此身脱拘挛？舟载诸友长周旋"，让人想起苏轼在黄州时的那封书信——"东坡不可令荒弗，终当作主，与诸君游，如昔日也"。

东坡与山谷，是一样的愿望啊！

一个字谜捧红的文人打卡处

绢上的墨迹

《红楼梦》第七十八回，宝玉走至园中，看到芙蓉花开，想起晴雯已死，便写了一篇祭文《芙蓉女儿诔》。祭完晴雯，不承想，花影中却有人声响起："好新奇的祭文！可与曹娥碑并传的了。"这个人不是别人，却是林黛玉。

《红楼梦》里提到的这个大名鼎鼎的"曹娥碑"，我们今天仍然有幸一睹真容。虽然已经过了一千多年，字迹仍然清晰可辨。这就是目前收藏在辽宁省博物馆的东晋书法《曹娥诔辞卷》，此书为墨迹绢本。

《曹娥诔辞卷》也作《孝女曹娥碑》，取自"曹娥寻父"的民间故事，里面藏着一个"黄绢幼妇，外孙齑臼"的字谜和一句"三百年后碑冢当堕江中，当堕不堕逢王匠"的谶语。

东晋时期，王羲之住在浙江会稽山阴一带，离上虞曹娥庙不远。他曾专门去曹娥庙拜祭，并在原碑损坏后重新书立《孝

《曹娥诔辞卷》　　［东晋］佚名　丝本　32.2cm×53.5cm　辽宁省博物馆藏

孝女曹娥碑

馮□學□　　會稽

翰林學士　　□□□□

孝女曹娥者，上虞曹盱之女也。其先與周同祖，末胄荒流，爰來適居。盱能撫節安歌，婆娑樂神。以漢安二年五月，時迎伍君，逆濤而上，為水所淹，不得其屍。時娥年十四，號慕思盱，哀吟澤畔，旬有七日，遂自投江死。經五日抱父屍出。以漢安迄于元嘉元年青龍在辛卯，莫之有表。度尚設祭之，誄之辭曰：

伊惟孝女，曄曄之姿。偏其反而，令色孔儀。窈窕淑女，巧笑倩兮。宜其室家，在洽之陽。待禮未施，嗟喪慈父。彼蒼伊何，無父孰怙。訴神告哀，赴江永號。視死如歸，是以眇然輕絕，投入沙泥。翩翩孝女，乍沉乍浮。或泊洲嶼，或在中流。或趨湍瀨，或還波濤。千夫失聲，悼痛萬餘。觀者填道，雲集路衢，流淚掩涕，驚動國都。

女曹娥碑》，这个碑后来也遗失了。

现在流传下来的，有绢本和拓本。拓本是小楷，跟宋拓《宣示表》如出一人之手。在南宋被发现以后，文徵明、祝允明、王宠、董其昌等一流名家都恭摹过，也是现代书法爱好者必学碑帖之一。

宋代的很多丛帖都把它归到了王羲之的名下，与《黄庭经》《乐毅论》一起，只有《群玉堂帖》标题是"无名人"。

从书法风格上，此卷字体结构和书写方法体现了东晋今楷趋于成熟的风尚，这是历代很多书家都把它当作王羲之真迹的原因。

绢本上有宋高宗赵构以"损斋"为名的题跋："虽不知为谁氏书，然纤劲清丽，非晋人不能至此。"赵构也认为不是王羲之写的，但一定是东晋人所书。

近代也有两种截然不同的观点。日本书法鉴定家中田勇次郎认为是王羲之《孝女曹娥碑》的真迹，但启功认为不是王羲之写的。辽宁省博物馆取了后者。

即使是东晋晚期的作品，到现在也超过一千六百年了。古时有"纸寿千年，绢寿八百"的说法，因为比起纸来，绢更易被虫蛀不易保存。但古人最早写字、画画、抄经，就是用绢的，唐朝之后纸本才开始普及。人们用丝绸来写字绘画最早可见于周朝，周穆王的《八骏图》是有史可载的第一幅绢画。但由于绢布机的幅宽有限，所以太大的作品就需要拼绢，这种情况只见于帝王详御用或重要的佛像作品。像《曹娥诔辞卷》就是标准尺寸的绢布，纵 32.2 厘米，横 53.5 厘米，所以作者用极细的小楷写就，也是因为绢布尺寸有限。

从题跋来看，从南北朝时期到唐宋，《曹娥诔辞卷》一直递藏有序，这可能是它保存较好的原因。虽然字迹斑驳，但高清放大后还能看到与拓本有相似的笔意。

孝女曹娥

《曹娥诔辞卷》讲的是孝女曹娥悼念其父投江而死的故事，这个故事流传甚广，前两段的内容就是故事梗概。

曹娥是浙江会稽上虞人，元嘉元年（151）上虞县的县长叫度尚，元嘉是东汉桓帝刘志的第三个年号，就是诸葛亮《出师表》里"未尝不叹息于桓灵也"那个桓帝。

作为县长，度尚觉得，曹娥的事迹要好好宣传，以弘扬孝道，便出钱修了一个"孝女娘娘庙"，又找了当时最著名的书法家题写碑文，据说就是邯郸淳。邯郸淳是这样写的：

> 孝女曹娥者，上虞曹盱之女也。其先与周同祖，末胄景沉，爰来适居。盱能抚节安歌，婆娑乐神。汉安二年五月，迎伍员。逆涛而上，为水所淹，不得其尸。时娥年十四岁，号慕思盱，哀吟泽畔，旬有七日，遂自投江死，经五日抱父尸出。以汉安迄于元嘉元年青龙在辛卯，莫之有表。度尚设祭诔之，辞曰：
>
> 伊惟孝女，奕奕之姿。偏其返而，令色孔仪。窈窕淑女，巧笑倩兮。宜其家室，在洽之阳。待礼未施，嗟伤慈父。彼

苍伊何？无父孰怙！诉神告哀，赴江永号，视死如归。是以眇然轻绝，投入沙泥。翩翩孝女，乍沉乍浮。或泊洲屿，或在中流。或趋湍濑，或还波涛。千夫失声，悼痛万余。观者填道，云集路衢。流泪掩涕，惊恸国都。是以哀姜哭市，杞崩城隅。或有赳面引镜，劓耳用刀。坐台待水，抱树而烧。於戏孝女，德茂此俦。

　　於戏孝女，德茂此俦。何者大国，防礼自修。岂况庶贱，露屋草茅。不扶自直，不镂而雕。越梁过宋，比之有殊。哀此贞厉，千载不渝。呜呼哀哉！铭曰：

　　铭勒金石，质之乾坤。岁数历祀，立墓起坟。光于后土，显照天人。生贱死贵，义之利门。何怅华落，雕（凋）零早分。蓓艳窈窕，永世配神。若尧二女，为湘夫人。时效髴髯，以招（昭）后昆。

先不说这个碑文写得如何，末尾作者卖了一个关子。

　　汉议郎蔡雍（邕）闻之来观，夜暗手摸其文而读之。雍（邕）题文云：黄绢幼妇，外孙齑臼。又云：三百年后碑冢当堕江中，当堕不堕，逢王叵。升平二年八月十五日记之。

　　启功有篇论文专门就这个"三百年后碑冢当堕江中，当堕不堕，逢王叵"作了解释。
　　"黄绢幼妇，外孙齑臼"是一个拆字谜，谜底就是"绝妙好辞"，这是作者的自夸。对于这篇辞文，启功说，不是什么

"绝妙好辞"，而是"极多废话"。

蔡邕来就来吧，白天不能来吗？还非要晚上来，还"夜暗手摸其文而读之"。这无非是作者打的埋伏，用"夜暗手摸"来掩饰蔡邕评论的不妥，显得他把"极多废话"当成"绝妙好辞"是情有可原的。

为什么是"极多废话"呢？

因为邯郸淳（如果真的是他所书）所写的碑文，用的典故都太牵强了。几乎是把东汉之前的好人好事都放上了：哀姜哭市、杞崩城隅、刭面引镜、劓耳用刀、抱树而烧……

这都是哭死去的丈夫或是年轻的寡妇如何坚守贞洁，跟孝道有什么关系呢？至于"介子推抱树而烧"就更不沾边了。

他把这些好人好事乱说一气后，只用一句"於戏孝女，德茂此俦"就把文章又兜了回来。"於戏"即呜呼，孝女曹娥的德行，比之前说的这些人都强。

你要说它用典不切吧，他会说，这里说的是德，而不是事迹。所以，末尾加了一个"黄绢幼妇，外孙齑臼"的字谜和一句"三百年后碑冢当堕江中，当堕不堕逢王臣"的谶语，其实是对前面那个故事的一个装饰。启功说，这个谶语是碑文常用的，而不是曹娥碑所独有的，其实并无实际意义。

遗迹与景观

但这个字谜和谶语实在太有名了，加上曹娥碑所在之处还有二王的遗迹，自古以来吸引了许多文人墨客前去打卡。李白在《送王屋山人魏万还王屋》诗里写：

> 遥闻会稽美，且度耶溪水。万壑与千岩，峥嵘镜湖里。
> 秀色不可名，清辉满江城。人游月边去，舟在空中行。此中
> 久延伫，入剡寻王许。笑读曹娥碑，沉吟黄绢语。

李白有个朋友叫魏万，年轻时浪迹方外、爱文好古。两人
在广陵相见，分别时互赠诗文。李白说，你一定去过会稽吧，
去耶溪弄水？是不是那里逗留很久，寻找王子猷与许询的遗
迹？你肯定笑着读了《曹娥碑》？想了许久"黄绢幼妇"的字
谜，也一定知道"绝妙好辞"的意思吧？

虽然曹娥碑早已不见，但曹娥的故事与"黄绢幼妇"和
"绝妙好辞"一样，随曹娥江一起长流不息。杜甫曾于开元
十九年至二十三年（731—735）漫游越中，在离曹娥江不远的
鉴湖小住。晚年的五言诗《壮游》回顾这段经历时写：

> 越女天下白，鉴湖五月凉。剡溪蕴秀异，欲罢不能忘。
> 归帆拂天姥，中岁贡旧乡。

王安石皇祐二年（1050）就任舒州（今安徽省）通判，沿
浙东运河途经越州时，去曹娥堰打卡，回想起曾在这里与剡县
知县丁宝臣小聚，作《复至曹娥堰，寄剡县丁元珍》：

> 今年却坐相逢处，怊怅难求别时迹。可怜溪水自南流，

安得溪船问消息。

宋代高僧释云岫《曹娥江泊舟二首》曰:

　　黄绢古碑千载事,汀花岸草旧江村。波心夜夜见明月,疑是曹娥堕水魂。江上停舟潮未回,汉安时事入重思。野桥认得前村路,曾读曹娥庙里碑。

明代画家朱同曾为《曹操杨修玩曹娥碑图》题诗:

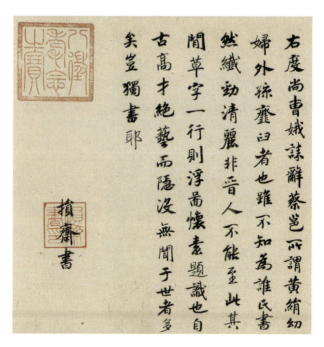

赵构跋《曹娥诔辞卷》

江水粼粼照岸浮，古碑如堆立江头。谁知手撚吟髭日，已是心疑国士秋。奸计不逃人物议，画图解写古今愁。沽才斗虏固应尔，更有同时鹦鹉洲。

而藏在辽宁省博物馆的这幅东晋人的墨迹，在南宋被发现后，就被宋高宗赵构收藏在损斋。损斋是宋高宗绍兴二十八年（1158）所建书斋，所以《曹娥诔辞卷》题跋为"损斋书"，钤"损斋书印"。

卷上有很多牛人的签名和题跋，最早的当数梁武帝内府唐怀充、徐僧权、满骞三位鉴藏家的押署。王家一门很多书迹都有他们的押署，像王羲之的《何如帖》、王献之的《新月帖》、王慈的《柏酒帖》。卷后紧跟的：

参军刘钧题此世之罕物。吏龙门县令王仲伦借观。大历二年，岁次己未二月辛未朔三日癸酉，百姓唐尚客奉县令韩绍处命题。

大历二年是公元767年，这是卷上可见的最早的唐人题记。"题文云"那一段下面有怀素的题跋：

大历三年秋九月三日沙门怀素藏真题。

这行草书用笔细劲，婉转流畅，变化多，结体也好，如果拆解一下宋拓《绛帖》中的怀素《藏真久在帖》与《颠书帖》，可以发现它们之间具有暗合的笔势。这是《苦笋帖》之外，我们唯一能看到的怀素真迹。

据不完全统计，这个画心题跋中记录的人物有十八人之多，除了上面提到的，还有杨汉公、冯审、李脱，卢弘、柳宗直（柳宗元的堂弟）、韩愈、赵元遇、樊宗师。

这也是韩愈留下的唯一墨迹。画心上还有唐代"元和""会昌""大历""开成"等年号。卷后还有南宋高宗赵构、虞集、赵孟頫等人题跋。

光看上面的题跋，就可以凑成唐宋八大家的朋友圈了。

第四章

涉事·此已非常身

人生无根蒂，飘如陌上尘。

分散逐风转，此已非常身。

落地为兄弟，何必骨肉亲！

得欢当作乐，斗酒聚比邻。

盛年不重来，一日难再晨。

及时当勉励，岁月不待人。

——陶渊明《杂诗十二首·其一》

像魏徵一样"妩媚"

致君尧舜

贞观六年（632），闰八月，唐太宗李世民在丹霄殿宴请近臣。大舅子长孙无忌说：魏徵以前是太子李建成的幕僚，与陛下为仇雠，谁曾想到今天能一同宴饮？

他尽心做事，我当然用他，只是——李世民把头转向魏徵：你每次进谏，我要是不听从，再跟你说话，你便也不答应，这是为何？

魏徵回：臣认为事不可行，才谏阻。可陛下不听，臣若答应了，那事情就要施行了，所以臣不敢应。

李世民说：你答应了再谏阻，又何妨？

魏徵说：舜帝曾告诫群臣，不要当面一套背后一套。如果心里不应，嘴上却答应，不是稷、契这些贤臣侍奉舜帝的本意。

听到这儿，李世民开心大笑：人们都说魏徵举止疏慢，在我看来更觉妩媚！

《九成宫醴泉铭》　北宋拓本李祺本　共 26 开　每半开 20.9cm×13.9cm　故宫博物院藏

　　故宫博物院藏本第三行"云霞蔽亏"的"蔽亏"二字完好,"长廊四起"的"四"字完好,为现存善本之最。

魏徵起身拜谢：陛下让臣畅言，臣才能尽其愚；若陛下不接受忠言，臣又怎敢犯颜强谏呢！

黄宾虹《画学篇》里写："魏徵妩媚工应制，王侯妃嫔宫廷娱。"以魏徵如此高的情商，难怪他能成功向唐太宗进谏二百多次。

我们所熟悉的魏徵，是敢于直言进谏的一代名臣，他的《十渐不克终疏》和《论御臣之术》振聋发聩。然而如果只是"疏慢"，而没有"妩媚"，即使唐太宗再虚心，即使魏徵命再硬，他可能也活不过"三集"。

还好有《九成宫醴泉铭》这样的刻本，让我们看到一个真实的魏徵。这个碑太有名了，一千三百年来，学书者很少有没写过的，但它的碑文内容鲜有提及。释文曰：

秘书监检校侍中钜鹿郡公臣魏徵奉敕撰。维贞观六年孟夏之月，皇帝避暑乎九成之宫，此则隋之仁寿宫也。冠山抗殿，绝壑为池，跨水架楹，分岩耸阙，高阁周建，长廊四起，栋宇胶葛，台榭参差。仰视则迢递百寻，下临则峥嵘千仞，珠璧交映，金碧相晖，照灼云霞，蔽亏日月。观其移山回涧，穷泰极侈，以人从欲，良足深尤。至于炎景流金，无郁蒸之气，微风徐动，有凄清之凉，信安体之佳所，诚养神之胜地，汉之甘泉不能尚也。皇帝爰在弱冠，经营四方，逮乎立年，抚临亿兆，始以武功壹海内，终以文德怀远人。东越青丘，南逾丹徼，皆献琛奉贽，重译来王，西暨轮台，北拒玄阙，并地列州县，人充编户。气淑年和，迩安远肃，群生咸遂，灵贶毕臻，虽藉二仪之功，终资一人之虑。遗身利物，栉风沐雨，百姓为心，忧劳成疾，同尧肌之如腊，甚禹足之胼胝，针石屡加，腠理犹滞。爰居京室，每弊炎暑，群下请建离宫，庶可怡神养性。圣上爱一夫之力，惜十家之产，深闭固拒，未肯俯从。以为随（隋）氏旧宫，营于曩代，弃之则可惜，毁之则重劳，事贵因循，何必改作。于是斫（斫）雕为朴，损之又损，去其泰甚，葺其颓坏，杂丹墀以沙砾，间粉壁以涂泥，玉砌接于土阶，茅茨续于琼室。仰观壮丽，可作鉴于既往，俯察卑俭，足垂训于后昆。此所谓至人无为，大圣不作，彼竭其力，我享其功者也。然昔之池沼，咸引谷涧，宫城之内，本乏水源，求而无之，在乎一物，既非人力所致，圣心怀之不忘。粤以四月甲申朔旬有六日己亥，上及中宫，历览台观，闲步西城之阴，踌躇高阁之下，俯察厥土，微觉有润，因而以杖导之，有泉随而涌出，乃承以石槛，引为一渠。其清若镜，味甘如醴，南注丹霄之右，东流度于双阙，贯穿青琐，萦带紫房，激扬清波，涤荡瑕秽，可以导养正性，可以澄莹心神。鉴映群形，润生万物，同湛恩之不竭，将玄泽于常流，匪唯乾象之精，盖亦坤灵之宝。谨案：《礼纬》云：王者刑杀当罪，赏锡当功，得礼之宜，则醴泉出于阙庭。《鹖冠子》曰：圣人之德，上及太清，下及太宁，中及万灵，则醴泉出。《瑞应图》曰：王者纯和，饮食不贡献，则醴泉出，饮之令人寿。《东观汉记》曰：光武中元元年，醴泉出京师，饮之者痼疾皆愈。然则神物之来，寔扶明圣，既可蠲兹沉痼，又将延彼遐龄。是以百辟卿士，相趋动色，我后固怀挧把，推而弗有，虽休勿休，不徒闻于往昔，以祥为惧，实取验于当今。斯乃上帝玄符，天子令德，岂臣之末学所能丕显。但职在记言，属兹书事，不可使国之盛美，有遗典策，敢陈实录，爰勒斯铭。其词曰：唯皇抚运，奋壹寰宇，千载膺期，万物斯睹，功高大舜，勤深伯禹，绝后□前，登三迈五。握机蹈矩，乃圣乃神，武克祸乱，文怀远人，书契未纪，开辟不臣，冠冕并袭，琛赆咸陈。大道无名，上德不德，玄功潜运，几深莫测，凿井而饮，耕田而食，靡谢天功，安知帝力。上天之载，无臭无声，万类资始，品物流形，随感变质，应德效灵，介焉如响，赫赫明明。杂遝景福，葳蕤繁祉，云氏龙官，龟图凤纪，日含五色，乌呈三趾，颂不辍工，笔无停史。上善降祥，上智斯悦，流谦润下，潺湲皎洁，萍旨醴甘，冰凝镜澈，用之日新，挹之无竭。道随时泰，庆与泉流，我后夕惕，虽休弗休，居崇茅宇，乐不般游，黄屋非贵，天下为忧。人玩其华，我取其实，还淳反本，代文以质，居高思坠，持满戒溢，念兹在兹，永保贞吉。兼太子率更令勃海男臣欧阳询奉敕书。

贞观三年（629），魏徵任秘书监，参与朝政，编校群书，并撰史总结王朝兴亡之训，曾上书《群书理要》以助王治。通俗地说，就是皇帝李世民的御用写手。

魏徵留传后世的诗文大部分与政治有关，有歌颂三皇五帝的《五郊乐章》，有奉皇帝之命作的应和诗。如《奉和正日临朝应诏》：

百灵侍轩后，万国会涂山。岂如今睿哲，迈古独光前。声教溢四海，朝宗引百川。锵洋鸣玉珮，灼烁耀金蝉。淑景辉雕辇，高旌扬翠烟。庭实超王会，广乐盛钧天。既欣东日户，复咏南风篇。愿奉光华庆，从斯亿万年。

还有一首应和之作《赋西汉》：

受降临轵道，争长趣鸿门。驱传渭桥上，观兵细柳屯。夜宴经柏谷，朝游出杜原。终藉叔孙礼，方知皇帝尊。

魏徵的政治诗文很有意思，第一眼看像奉承。他赋诗作文，不言炎黄，便言尧舜，不言三皇，便言五帝。他把唐太宗比作三皇五帝，既表达了自己极高的政治理想，也为进谏提供了一个合适的理由："每以谏净为心，耻君不及尧舜"。但如果只有奉承，那也不是魏徵了，他的诗文，溢美之中一定有警示和讽谏。远的不说，最近的隋炀帝一定是反面典型，会时不时拿出来"敲打"一下皇帝。

魏徵当上秘书监的时候，国家已是一番盛世景象："天下康安，断死刑至二十九人而已。户不夜闭，行旅不赍粮也""西北诸蕃咸请上尊号为'天可汗'"……

到了贞观六年（632），政通人和，百废俱兴，突厥平定，边疆臣服。唐太宗李世民对自己的工作很满意，需要一份像样的述职报告，来昭告天下和后人，这个任务就交给了魏徵。

序文

《九成宫》开头，"秘书监检校侍中"是魏徵的官职，秘书监是秘书省的最高长官，侍中是门下省的最高长官，加个检校二字，代表其职位比正职还要高。

一篇优秀的应试作文，第一要素就是把优美的语句放在开头，以吸引"阅卷老师"的注意。魏徵是怎么做的呢？他把最优美的文字放在序文最前面：

> 冠山抗殿，绝壑为池，跨水架楹，分岩耸阙，高阁周建，长廊四起，栋宇胶葛，台榭参差。……微风徐动，有凄清之凉，信安体之佳所，诚养神之胜地，汉之甘泉不能尚也。

这些成语随便用上几个都会让文章闪光，魏老师一口气用了二十多个。

《九成宫》分序文和铭文两部分，序文相当于一篇议论文，铭文用四言韵语写成。这段优美的文字是序文的第一段，是描述九成宫的景观，但也不只是写景，像"观其移山回涧，穷泰极侈，以人从欲，良足深尤"，就大有深意，通过险峻的景观来给唐太宗警醒，也为魏徵接下来的讽喻埋下伏笔。

而接下来，魏徵的讽谏是层层递进的。

> 皇帝爰在弱冠，经营四方。逮乎立年，抚临亿兆。始以

坐在步辇中的唐太宗 《步辇图》局部 ［唐］阎立本 故宫博物院藏

武功壹海内，终以文德怀远人。

弱冠一般指男子二十岁，立年指三十岁，在这里是个虚数，有点谦虚的意思。

实际上，李世民少年从军，十七岁就带兵打仗，他的成名之战是带领一万多兵马从十几万的突厥人手中救出隋炀帝。从平定割据势力到发动"玄武门之变"，他的江山是自己一手打下来的，"昭陵六骏"就是陪他征战疆场和挡箭的战马，"凌烟阁二十四功臣"的战功都不及他。他当皇帝的时候还不到三十岁，只有二十八岁。

魏徵在序文里先为皇帝歌功颂德。大唐开国，唐太宗偃武修文，不止边疆平定，连突厥酋长也成了皇宫卫队的武官。而他积劳成疾，出现久难治愈的身体状况，这是为下文写改造修缮仁寿宫之事作铺垫。

群臣建议修建离宫怡神养性，但皇帝担心过于铺张浪费、消耗民力，于是决定沿用隋代旧宫，加以改造修缮，削去华丽的装饰，修复倒塌的宫殿，变奢华为简朴。

这些都是紧扣主题的，"遗身利物，栉风沐雨，百姓为心，忧劳成疾"，说的是唐太宗一心为人民，"爱一夫之力，惜十家之产"是爱惜民力。唐太宗不是个像隋炀帝那样铺张浪费的人，也不想滥用民力给国家造成负担。所以就把隋代的离宫修修补补，去掉奢华回归纯朴。

魏徵在这里用了一句老子的话："此所谓至人无为，大圣不作，彼竭其力，我享其功者也。"是把唐太宗比喻成"无为而治"的圣人。可问题来了，既然这样，跟醴泉有什么关系呢？请看接下来的转折——

> 然昔之池沼，咸引谷涧，宫城之内，本乏水源，求而无之，在乎一物，既非人力所致，圣心怀之不忘。

原来啊，隋炀帝的旧宫好是好，但是有个大问题，就是一直没有水源，这就是为什么这个宫殿是弯弯曲曲的造型，其实是为了把远处的水源引进来。

看到这里，如果你认为《九成宫醴泉铭》是通篇对着皇帝猛夸的，那就太小看他了。

魏徵写完九成宫的来历之后，再接着写唐太宗发现醴泉的过程——

李世民到九成宫避暑，在宫城北边儿闲逛时，忽然发现有一块地面特别湿润，于是便用手杖敲了两下，一股泉水竟然涌出。

"其清若镜，味甘如醴"，群臣奔走相告。

在知识储备方面，魏徵引经据典，引用了《礼纬》《鹖冠子》《瑞应图》《东观汉记》等古籍，来论证"圣上有德，王者纯和，醴泉才会涌出"。从这一点来说，醴泉的出现是由于"天子令德"所致。

但魏徵也说了："推而弗有，虽休勿休，不徒闻于往昔，以祥为惧，实取验于当今。"这些古书上的祥瑞之兆，只能听听也不能全信，我们皇帝是"以祥为惧"，借古鉴今。

有了这句话，逻辑上就没有漏洞了，而且顺理成章地要表达主题了。这时候，魏徵还不忘给自己也加一句：

> 天子令德，岂臣之末学所能丕显。但职在记言，属兹书事，不可使国之盛美，有遗典策。

"这不是拍马屁啊，这是我的职责"——逻辑思路简直无懈可击。

铭文

鉴于古文的形式，他把主题放在了最后的铭文里，就是"居高思坠，持满戒溢"。

这八个字简直就是在用生命独立思考，因为如果换个皇帝，魏徵的命可能就保不住了。魏徵也很了解"阅卷老师"的心理。"阅卷老师"老师李世民的心理是什么呢？

他喜欢跟古代圣王相比，喜欢"登三迈五"这样宏大的政治目标——

惟皇抚运，奄壹寰宇，千载膺期，万物斯睹，功高大舜，勤深伯禹，绝后承[1]前，登三迈五。

他还喜欢把自己的前任兼岳父隋炀帝当成镜子，时不时拿出来照照，鞭策一下 ——

我后夕惕，虽休未休。居崇茅宇，乐不般游。黄屋非贵，天下为忧。……居高思坠，持满戒溢。念兹在兹，永保贞吉。

这样的谏言让唐太宗欲罢不能。

---

〔1〕原拓本此字模糊不清，根据前后文意暂定为"承"字。

魏徵像　《凌烟阁功臣图》局部　［清］刘源

升平旧事

　　李世民应该是想给后世留一个这样的碑文范本，所以选择了国宝级的书法家欧阳询来书丹。当时朝廷王公大臣的碑志多由欧阳询书丹，即使是宰相杜如晦的墓碑，序铭出自虞世南之手，书法却还是出自欧阳询之笔。

　　唐代以降，及至元明，书体要为宫廷和科举服务，《九成宫》成为学书的范本。而作为行宫的九成宫随着大唐帝国由盛而衰，早已不复存在。唐人吴融有诗云：

　　　　凤辇东归二百年，九成宫殿半荒阡。魏公碑字封苍藓，文帝泉声落野田。碧草断霑仙掌露，绿杨犹忆御炉烟。升平旧事无人说，万叠青山但一川。

　　这个碑流传至今，因为太多摩拓和风化，已经失去欧体的本来面目，不见得还是最好的学书版本。但文本不会被侵蚀和风化，它流传一代又一代，让我们也看到魏公的倔强与妩媚。

　　遇到唐太宗之前，魏徵是太子李建成的幕僚。《隋唐两朝志传》第七十七回载，魏徵那时常劝太子建成除掉秦王，但太子不听，玄武门之变后——

　　　　魏徵来见，世民谓之曰："汝何为离间我兄弟？"徵举止自若，对曰："太子建成早从征言，必无今日之祸。"

这是魏徵的第一次面试。没想到，李世民听了魏徵的话不仅没生气，反而改容谢曰："卿之忠义，吾所素闻矣，"还将他聘为詹事主簿，为己所用。

遇到唐太宗之前，魏徵出身于道士，一再更主。初仕李密，密败。后仕窦建德，建德败。再委质于太子，结果太子诛。最后碰上唐太宗，求才若渴，图创新局。而魏徵，一直默默积累、等待，"博通群书，颇明王霸之术"。只能说，是在对的时机遇到了对的人。

明人张岱说，他一直不理解，像魏徵这样倔强的人，怎么能跟妩媚放在一起，直到看了徐渭的画——

今见青藤诸画，离奇超脱，苍劲中姿媚跃出，与其书法奇崛略同。太宗之言，为不妄矣。故昔人谓摩诘之诗，诗中有画；摩诘之画，画中有诗。余亦谓青藤之书，书中有画；青藤之画，画中有书。

魏徵的妩媚、徐渭的竹、王维的诗，之所同然耳。

前度逸少今又来

初见唐僧

公元 627 年，登基后的唐太宗李世民平定突厥，奄壹寰宇，改年号为贞观，就此开启长达二十三年的贞观之治。两年后[1]，玄奘法师从长安出发，前往天竺取经。"周游西域，十有七年"，于贞观十九年（645）携经、像、舍利返回长安。

史书记载，玄奘本名祎，俗姓陈氏，洛阳缑氏人。我们更习惯称他为"唐僧"。《续高僧传》记有贞观十九年玄奘回国时万人空巷的场面：

　　道俗相趋，屯赴阗阓，数十万众如值下生。将欲入都，人物喧拥，取进不前，遂停别馆，通夕禁卫，候备遮断，停

---

〔1〕贞观三年（629），一说是贞观元年。

《玄奘负笈图》 佚名
日本东京国立博物馆藏

驻道旁。从故城之西南至京师朱雀门街之都亭驿，二十余里，列众礼谒，动不得旋。

僧人俗士，项背相望，数十万众如同迎接佛陀降生一般。玄奘准备进入京城时，由于人群过于拥挤，无法前进，只好停留在别馆。整夜都有禁·卫军守护，道路两旁也设置了警戒线。从故城的西南一直到京师的朱雀门街之都亭驿，二十几里路，人们列队欢迎，玄奘几乎无法转身。

当时李世民正在洛阳，准备亲征高句丽，但还是接见了玄奘。两人在深宫内殿密谈，"谈叙真俗，无爽帝旨，从卯至酉，不觉时延"，直到闭门鼓声响起。

由于李世民第二天一早就要出发，前往定州（今河北定县一带），便邀请玄奘一同前行。但玄奘以翻译经书为由婉言谢绝。皇帝便说：自法师西行取经后，我建造了弘福寺。虽然寺庙规模不大，但禅院环境清幽宁静，很适合用来翻译经书。皇帝还说：在长安有任何事都可以找房玄龄商量，所需一切物资，全部由国库供应。

李世民亲征之地在朝鲜半岛一带，那时还是大唐的国土。在定州，李世民写下那首著名的《宴中山》：

驱马出辽阳，万里转旆常。对敌六奇举，临戎八阵张。斩鲸澄碧海，卷雾扫扶桑。昔去兰萦翠，今来桂染芳。云芝浮碎叶，冰镜上朝光。回首长安道，方欢宴柏梁。

他与太子李治约定，攻克辽东城时，举烽火以传信，这便是"回首长安道，方欢宴柏梁"的由来。

而就在将西天取回的佛像运往长安弘福寺时，奇妙之事发生了。北方天空出现了祥云，形状如圆盖，红白相间，正好位于佛像上方，呈现出轮光。

运送经书和佛像那天，京城的僧众纷纷前来助运，并设置了华丽的帐篷和装饰，比玄奘初到时还要热闹。祥云之光从中午到傍晚，直到佛像进入弘福寺，祥云才逐渐消散。

这也导致"京都五日，四民废业，七众归承"。百姓停业，僧侣归心，这样的崇敬之情，在古代真的非常罕见。

《集王》之发端

回到长安后，玄奘组建了一个学术翻译团队。前代翻译的经文，语句繁复，而玄奘的翻译更符合唐人的阅读习惯，把深奥妙义翻译得更加通俗易懂。

三年后的贞观二十二年（648），玄奘第一次上表请题序，李世民拒绝了。皇帝也很谦虚，他说："朕学浅心拙，在物犹迷，况佛教幽微，岂敢仰测？请为经题，非已所闻，其新撰《西域传》者，当自披览。"意思就是，我连世事都觉得迷惑，又岂敢妄加揣测深奥微妙的佛理？写序这事，实在难以胜任，但你写的《西域传》，我定会亲自读一读。

那时中印交流的任务都落在了玄奘身上，别的翻译李世民都不放心，只依赖玄奘。他让玄奘把《老子》翻译成梵文，给印度人看。完成这项任务后，玄奘再次上表：

> 幸属九瀛有截，四表无虞，凭皇灵以远征，恃国威而访道。穷遐冒险，虽励愚诚，纂异怀荒，寔资朝化。

现在天下太平，四海升平。我能远征求法，凭借的是皇帝的威灵；我能访求真理，凭借的是国家的声威。我冒险前行，虽然只是尽我所能，但搜集的异闻和心中的疑惑，实则都得益于朝廷的教化。

这句话可是说到李世民的心坎上啦，"神力无方，非神思不足诠其理；圣教玄远，非圣藻何以序其源"，除了英明神武的皇帝，还有谁能有资格题这个序呢？

这份表上奏当日，李世民便答应了。为此，他还推掉了女婿高履行求他为高士廉作墓志铭的请求，"愿作功德，为法师作序，不能作碑。汝知之"。

所以，与其说唐太宗携太子为佛经作序，是对玄奘本人的恩宠，不如说是他为结束近四百年分裂的大一统，所做的文化建设。

故事讲到这里，主人公也该出场了。弘福寺众多沙门，怀仁就是其中一个。他也许被玄奘西天取经的经历深深打动，也许见证了"四民废业，七众归承"的高光时刻，让他的信仰更加坚定，毕竟，不是每个信徒都能遇上这样的时代。

关于怀仁的生卒，史书上没有任何记载。除了《集王圣教序碑》开头的"弘福寺沙门怀仁"，他的名字还出现在《大慈恩寺三藏法师传》的后记里：

> 时弘福寺寺主圆定及京城僧等，请镌二序文于金石，藏之寺宇，帝可之。后寺僧怀仁等乃鸠集晋右军将军王羲之书，勒于碑石焉。

这里的"帝"是太宗还是高宗，不得而知，也没有说集书开始的具体时间。宋《宣和书谱》又记：

> 释怀仁，不载于传记，而书家或能言之。积年学王羲之书，其合处几得意味。若语渊源，固未足以升王羲之之堂也，然点画富于法度，非初学所能到者。

这让我们知道，除了是一名佛教徒，怀仁还有书法造诣，颇得王羲之真髓。换句话说，他可能是长安众多僧侣里写王羲之最好的一个。

唐太宗李世民是王羲之的狂热粉丝，"尝以金帛购求王羲之书迹"，还亲自为《晋书·王羲之传》作序，用行书撰写《晋祠铭》。不仅自己喜欢，他还专门设立了一个给贵族子弟学习书法的弘文馆，老师就是大名鼎鼎的虞世南和欧阳询。唐朝的教育体系对书法有特别的规定和措施，书学作为六学之一，有专门的学校。而这个教育体系的最高指导思想，就是王羲之。

又见唐僧

再回到贞观二十二年（648），李世民许了玄奘之后，因为国事繁忙，并没有接着作序。是年夏天，皇帝在玉华宫避暑，召玄奘入宫。问玄奘最近在翻译什么，玄奘答"瑜伽师地论"。皇帝翻阅后下旨，将新翻的经书抄写九份，分发给雍、洛、相、兖、荆、杨等九大州。

看皇帝心情不错，玄奘又请经题。这次皇帝没再推辞，稍加思索便开始动笔，"少顷而成"，取名《大唐三藏圣教序》。"神笔自写，敕贯众经之首"，皇帝亲书翰墨，并下令将其置于所有经书的卷首。

于是，玉华宫的庆福殿上，李世民当着百官侍卫，给玄奘赐座，弘文馆学士上官仪宣读了这篇"霞焕锦舒"的序文：

> 盖闻二仪有像，显覆载以含生；四时无形，潜寒暑以化物。是以，窥天鉴地，庸愚皆识其端；明阴洞阳，贤哲罕穷其数。
>
> 然而，天地苞乎阴阳而易识者，以其有像也；阴阳处乎天地而难穷者，以其无形也。故知，像显可征，虽愚不惑；形潜莫睹，在智犹迷。况乎，佛道崇虚，乘幽控寂，弘济万品，典御十方。举威灵而无上，抑神力而无下；大之则弥于宇宙，细之则摄于豪（毫）厘。无灭无生，历千劫而不古；若隐若显，运百福而长今。妙道凝玄，遵之莫知其际；法流

《集王圣教序》 北宋早期拓本 故宫博物院藏

　　碑文行书，30行，行80余字。碑高315.3cm，宽141.3cm，唐咸亨三年（672年）十二月立，碑现存陕西西安碑林博物馆。

湛寂，挹之莫测其源。故知，蠢蠢凡愚，区区庸鄙，投其旨趣，能无疑惑者哉！

然则，大教之兴，基乎西土，腾汉庭而皎梦，照东域而流慈。昔者，分形分迹之时，言未驰而成化；当常现常之世，民仰德而知遵。及乎，晦影归真，迁仪越世。金容掩色，不镜三千之光；丽象开图，空端四八之相。于是，微言广被，拯含类于三途；遗训遐宣，导群生于十地。然而，真教难仰，莫能一其旨归；曲学易遵，耶（邪）正于焉纷纠。所以，空有之论，或习俗而是非；大小之乘，乍沿时而隆替。

有玄奘法师者，法门之领袖也。幼怀贞敏，早悟三空之心；长契神情，先苞四忍之行。松风水月，未足比其清华；仙露明珠，讵能方其朗润。故以，智通无累，神测未形，超六尘而迥出，只千古而无对。凝心内境，悲正法之陵迟；栖虑玄门，慨深文之讹谬。思欲，分条析理，广彼前闻；截伪续真，开兹后学。是以，翘心净土，往游西域；乘危远迈，杖策孤征。积雪晨飞，途间失地；惊砂夕起，空外迷天。万里山川，拨烟霞而进影；百重寒暑，蹑霜雨而前踪。诚重劳轻，求深愿达；周游西宇，十有七年。穷历道邦，询求正教；双林八水，味道湌风；鹿苑鹫峰，瞻奇仰异。承至言于先圣，受真教于上贤，探赜妙门，精穷奥业。一乘五律之道，驰骤于心田；八藏三箧之文，波涛于口海。

爰自所历之国，揔将三藏要文，凡六百五十七部，译布中夏，宣扬胜业。引慈云于西极，注法雨于东垂；圣教缺而复全，苍生罪而还福。湿火宅之干焰，共拔迷途；朗爱水之

173

昏波，同臻彼岸。是知，恶因业坠，善以缘升；升坠之端，惟人所托。譬夫，桂生高岭，云露方得泫其华；莲出渌波，飞尘不能污其叶，非莲性自洁而桂质本贞，良由，所附者高，则微物不能累；所凭者净，则浊类不能沾。夫以卉木无知，犹资善而成善；况乎人伦有识，不缘庆而求庆。方冀，兹经流施，将日月而无穷；斯福遐敷，与乾坤而永大。

这篇序文里，李世民很明确写出了玄奘为何要去西天取经——"真教难仰，莫能一其旨归；曲学易遵，邪正于焉纷纠。所以，空有之论，或习俗而是非；大小之乘，乍沿时而隆替。"

佛教经历了魏晋南北朝的发展和北魏北周的灭佛运动，到了唐初，既存在着与道教的争衡，也有与儒家伦理的冲突。这时候需要有人把真正的教义传播出去，把真教的意旨归属到一起。真教不统一，邪教便容易让人依从。即使佛教内部，也存在各种学说的争论。

非常难得的是，李世民在这里并没有用一些宣传国家声威的外交辞令，通篇说的都是佛典的玄妙和玄奘的辛苦，这可能也从另一方面反映了唐初的开放和包容。

次日，玄奘法师上表致谢曰：

窃闻六爻探赜，局于生灭之场；百物正名，未涉真如之境。犹且远征羲册，睹奥不测其神；遐想轩图，历选并归其美。伏惟皇帝陛下玉毫降质，金轮御天，廓先王之九州，掩百千之日月，斥列代之区域，纳恒沙之法界。遂使给园精舍，并入提封；贝叶灵文，咸归册府。玄奘往因振锡，聊谒崛山。经途万里，怙天威如咫步；匪乘千叶，诣双林如食顷。搜扬三藏，尽龙宫之所储；研究一乘，穷鹫岭之遗旨。并已载于白马，还献紫宸。寻蒙下诏，赐使翻译。玄奘识乖龙树，谬忝传灯之荣；才异马鸣，深愧写瓶之敏。所译经论，纰舛尤多，遂荷天恩，留神构序。文超《象系》之表，若聚日之放千光；理括众妙之门，同慧云之濡百草。一音演说，亿劫罕逢。忽以微生，亲承梵响，踊跃欢喜，如闻受记。

皇帝很快便下了敕令，云：

朕才谢圭璋，言惭博达，至于内典，尤所未闲。昨制序文，深为鄙拙，惟恐秽翰墨于金简，标瓦砾于珠林。忽得来书，谬承褒赞，循躬省虑，弥益厚颜。善不足称，空劳致谢。

皇帝说，朕资质平庸，言辞也远未达博学通达之境，对于佛典更是生疏。昨日所制的序文，深感粗陋，唯恐玷污了珍贵的金简……

这当然是自谦，玄奘又重表谢。皇帝再敕云：

朕往不读经，兼无才智，忽制论序，翻污经文。具览来言，枉见褒饰，愧逢虚美，唯益真惭。

当时还是太子的李治，则为父亲为佛经作序之事，再作《述三藏圣教序记》（即《述圣记》）。释文曰：

夫显扬正教，非智无以广其文。崇阐微言，非贤莫能定其旨。盖真如圣教者，诸法之玄宗，众经之轨躅也。综括宏远，奥旨遐深，极空有之精微，体生灭之机要。词茂道旷，寻之者不究其源；文显义幽，履之者莫测其际。故知，圣慈所被。业无善而不臻；妙化所敷，缘无恶而不翦。开法网之纲纪，弘六度之正教；拯群有之涂炭，启三藏之秘扃。是以，名无翼而长飞，道无根而永固。道名流庆，历遂古而镇常；赴感应身，经尘劫而不朽。晨钟夕梵，交二音于鹫峰；慧日法流，转双轮于鹿菀；排空宝盖，接翔云而共飞；庄野春林，与天华而合彩。

伏惟皇帝陛下，上玄资福，垂拱而治八荒；德被黔黎，敛衽而朝万国。恩加朽骨，石室归贝叶之文；泽及昆虫，金匮流梵说之偈。

遂使，阿耨达水，通神甸之八川；耆阇崛山，接嵩华之翠岭。窃以，法性凝寂，靡归心而不通；智地玄奥，感恩诚而遂显。岂谓，重昏之夜，烛慧炬之光；火宅之朝，降法雨之泽。

于是，百川异流，同会于海，万区分义，总成乎实。岂与汤武校其优劣！尧舜比其圣德者哉！

玄奘法师者，夙怀聪令，立志夷简，神清龆龀之年，体拔浮华之世。凝情定室，匿迹幽岩，栖息三禅，巡游十地。超六尘之境，独步迦维；会一乘之旨，随机化物。以中华之无质，寻印度之真文。远涉恒河，终期满字；频登雪岭，更获半珠。问道往还，十有七载；备通释典，利物为心。

以贞观十九年二月六日，奉敕于弘福寺，翻译圣教要文，凡六百五十七部。引大海之法流，洗尘劳而不竭；传智灯之长焰，皎幽闇而恒明。自非久植胜缘，何以显扬斯旨！所谓，法相常住，齐三光之明；我皇福臻，同二仪之固。

伏见御制众经论序，照古腾今。理，含金石之声；文，抱风云之润。治辄以轻尘足岳，坠露添流，略举大纲，以为斯记。

治素无才学，性不聪敏。内典诸文，殊未观览；所作论序，鄙拙尤繁。忽见来书，褒扬赞述；抚躬自省，惭悚交并。劳师等远臻，深以为愧。

贞观廿二年八月三日内府。

《集王》之历程

但此时王羲之已经去世二百余年，让他再"出来"书写碑文，也不是件容易的事。在怀仁之前，还不曾有这样的创举。即使在南朝梁武帝时期，内府所藏王羲之书迹比唐太宗多了一倍，也只是集了一个《千字文》而已。

那时，梁武帝为了教贵族王爷学书法，让文学侍从殷铁石从王羲之的书信里收集了一千个不重样的字，每个字一片纸。但这些纸片太多，学着学着就乱套。于是，他让大臣周兴嗣编成韵文。据说周才子一晚上就完成了，但因为用脑过度，头发全都白了。

与《集王圣教序》相比，《千字文》是一种反向集字，而且难度不在集字者，而在编写韵文者。到了怀仁这里，不仅不能修改集字内容，连字数都比《千字文》多了一倍。

而且，对怀仁来说，集字的难度不止于从丰富的王羲之书迹中寻找字形，而是根据章法的需要重新创作，夸大或缩小某一个字，以求得跌宕起伏的节奏变化和错落有致的行书效果。

虽然有了皇帝准许，但怀仁的集字工程并没有得到太大重视。一是因为那时有太多王羲之的真迹，怀仁的集字再像也不过相当于"硬黄响拓"。贞观十三年（639），李世民命褚遂良等人对王羲之书迹进行了鉴定整理，统计出内府共收藏右军书二千二百九十纸。当然，这也从另一个方面说明怀仁的集字来源是非常真实可靠的。

再一个原因是集王字者，终其一生只学王字，这种心追手摹的形似，在士大夫眼中终究难逃邯郸学步的窠臼。

唐初有四大书家欧虞褚薛，那时只剩下褚遂良和薛稷，所以，首次将二帝序刻成碑的任务毫无意外地落在了褚遂良身上。永徽四年（653），李治继位后下令将二帝序首次刻于长安慈恩寺大雁塔，就是褚遂良所书的《雁塔圣教序碑》。雁塔是时为太子的李治为追念亡母文德皇后而建，里面供奉着玄奘从印度带回的经像。玄奘也从弘福寺来到这个皇家寺院翻译佛经。这个碑直到现在，仍在西安大雁塔下。

而怀仁集王羲之的碑，却在咸亨三年（672）才摹勒上石，碑末有：

咸亨三年十二月八日京城法侣建立，文林郎诸葛神力勒石，武骑尉朱静藏镌字。

碑上除了二圣序，还有玄奘的《谢表》和《心经》，碑末有这样一串人名：

> 太子太傅尚书左仆射燕国公于志宁、中书令南阳县开国男来济、礼部尚书高阳县开国男许敬宗、守黄门侍郎兼左庶子薛元超、守中书侍郎兼右庶子李义府等奉敕润色。

《心经》是玄奘在贞观二十三年（649）就已经译完的，似乎不需要什么润色。这就牵扯出显庆元年（656）一次著名的佛教事件，当时唐高宗改立武则天之子李弘为太子，在慈恩寺设五千僧斋为新太子祈福，命朝臣行香。玄奘说："汉魏以来有君臣赞助、文臣监阅详辑制度，今独无此。"于是，李治便命上述五位大臣监共译经。这或许是玄奘的意思，但也可能就是高宗的本意，总之是一场目的性极强的政治秀。

然而，此时离咸亨三年（672）还有十六年之久，等怀仁集字完成时，这些里面的大多数人已经去世。清人王昶批评："此碑所列止六人，而大奸居其二（许敬宗、李义府），元超亦奸党也。君子少而宵人多。观此又可知佛教之庞杂。"

从贞观二十二年（648）到咸亨三年（672），二十五年波谲云诡、物是人非。

写完序表后第二年，李世民就龙驭宾天。永徽六年（655），李治打算废黜皇后王氏，改立昭仪武氏。褚遂良冒死劝谏被降职，在流放中绝望死去，《同州圣教序》是他死后追刻。武则天如愿当上皇后，直到显庆五年（660），李氏王朝已然是武氏天下。麟德元年（664），玄奘油枯灯灭，走完了六十五岁的一生。

八年之后，怀仁终于实现了他的愿望，把相隔三四百年的王羲之和李世民、李治、玄奘放在一个碑上。这一生，人们只知道他做了一件事，然而这件事足以让他载入书史。

《集王圣教序》在宋之前并不被重视，文人士大夫都不屑于学，称之为"院体"，只有学者黄伯思在政和四年（1114）的《题集逸少书圣教序后》谓：

> 然学弗至者自俗耳，碑中字未尝俗也。非深于书者，不足以语此。

可能正因为不被重视，让它躲过了战乱和掠夺，然而却难逃历代无休止的捶拓，"手民日日打碑卖，又损几字无由寻"，直到它被藏入西安碑林博物馆。

明清时期，王羲之真迹毁佚殆尽，这个碑才被学者重视起来。明代有个济南才子叫边贡，某个夏日，有贵客光临，他拿出珍藏的古刻《左传》和《圣教序》拓本。看着《圣教序》，两人聊起了那个西天取经的玄奘：

> 舸屋亲劳柱史登，履痕新破石苔层。疏帘不为看山捲，曲几还留听雨凭。左传癖成怜晋客，右军书在感唐僧。停杯剧论怀千古，坐对流云思转凝。

一位托孤老臣的自我修养

尚书宣示

三国时代，要成为一名合格的丞相或太尉，心理学是必不可少的素养，钟繇就是这方面的高手。

《宣示表》诞生在公元221年，这一年摆在魏文帝曹丕面前的，是一个改变三足鼎立局面的机会。释文曰：

> 尚书宣示孙权所求，诏令所报，所以博示。逮于卿佐，必冀良方出于阿是。芳莨之言可择郎（廊）庙，况繇始以疏贱，得为前恩。横所盱睒，公私见异，爱同骨肉，殊遇厚宠，以至今日。再世荣名，同国休戚，敢不自量。窃致愚虑，仍日达晨，坐以待旦，退思鄙浅。圣意所弃，则又割意，不敢献闻。深念天下，今为已平，权之委质，外震神武。度其拳拳，无有二计。高尚自疏，况未见信。今推款诚，欲求见信，实怀不自信之心，亦宜待之以信，而当护其未自信也。其所

不自信之心六宜待之以信而當護其求自信

也其所求者不可不許許之而反不必可與求之

而不許勢必自絕許而不與其曲在己里語

曰何以罰與以奪何以怒許不與思省所示報

權熙曲折得宜神聖之慮非今臣下所能

有增益昔與父若奉事先帝事有數者

有似於此粗表二事以為今者事勢尚當有

所依違顧君思省若以在所慮可不須復貝

節度唯君恐示　　故示自拜表

《钟繇宣示表拓本》　日本奈良宁乐美术馆藏

182

尚書宣示孫權所求詔令所報所以博示

逮于卿佐必異良方出於阿是芻蕘之

言可擇郎廟況繇始以疏賤得為前恩橫

所盻睨公私見異愛同骨肉殊遇厚寵以至

今日再世榮名同國休戚敢不自量竊致愚

慮仍日達晨坐以待旦退思鄙淺聖意所

棄則又割意不敢獻聞深念天下今為已平

權之委質外震神武度其奉二無有二計高

求者，不可不许，许之而反，不必可与，求之而不许，势必自绝，许而不与，其曲在己。里语曰："何以罚？与以夺；何以怒？许不与。"思省所示报权疏，曲折得宜，宜神圣之虑。非今臣下所能有增益，昔与文若奉事先帝，事有数者，有似于此。粗表二事，以为今者事势，尚当有所依违，愿君思省。若以在所虑可，不须复貌。节度唯君，恐不可采，故不自拜表。

孙权所求为何事？就是向魏称臣。

此前一年，"三大集团"火拼到了最惨烈的阶段，我们所熟知的很多人物都领了"盒饭"：曹操、关羽、夏侯惇、黄忠、吕蒙……孙权诛杀关羽，宣告了孙刘联盟彻底瓦解，刘备以"为关羽报仇"的名义向东吴发起夷陵之战。孙权一面派兵应战，一面上表向魏国称臣，以确保曹丕暂时不打他。

拒和还是接受？曹丕开始征求大臣们的意见。因开头有"宣示"二字，结尾又有"故不自拜表"，后人将其称为《宣示表》。

严格来说，《宣示表》不能称之为"表"，因为它不是直接交给皇帝的。它是尚书征求意见时，钟繇写的建议书，所以称之为《宣示帖》可能更合适一些。

《宣示表》开头，钟繇说：

　　尚茏之言可择廊庙，况繇始以疏贱，得为前恩。

短短十八字，信息量很大。表面意思是，贤君治国连平民的意见也可以采纳，况且我本是贫贱之人，是受了先帝的恩惠才有了如今优厚的待遇。可背后的意思却是，我是你父亲的谋臣，如今你当了皇帝，当然应该听听我的建议。

钟繇，字元常，颍川长社人，大概在今天的河南许昌到郑州一带。《三国志·魏书》记载，当曹操还只是兖州牧时，钟繇便非常看好他。那时汉献帝在西京长安，曹操遣使上书，被李傕、郭汜等大将阻挠。钟繇说服了两人，曹操才得以上书成功。后来钟繇又成功帮助献帝东归，曹操一年后入京，掌握实权。

官渡之战，钟繇支援曹军两千余匹战马。曹操征讨关中，专门上表将钟繇任命为前军师。

魏国初建，钟繇为大理，掌管司法。后被魏讽谋反连累，罢了官职。曹丕称帝后，又官复原位。于公，他是前朝元老；于私，他是陪太祖一起打天下的人。

而钟繇的情商高就高在，即使如此，他仍然表现得战战兢兢、小心翼翼：

> 窃致愚虑，仍日达晨，坐以待旦，退思鄙浅。圣意所弃，则又割意，不敢献闻。

他茶饭不思、夜不能寐，想说又不敢说，不说又觉得不妥。为何这么纠结？因为他太了解曹丕的心病了。

曹丕受禅

曹丕的心病就是，他认为身边的人都对前朝念念不忘。

延康元年（220）十月，曹丕导演了一出拙劣的篡权闹剧。先是让汉献帝下诏书宣布退位，把皇位禅让给他，而他又推而不就，"三让"之后才答应接受。

之后他又附会汉室刘氏为尧之后裔的说法，把自己的曹姓说成是舜的子孙，这样就沿袭了远古部落首领尧让位于比自己更贤能的舜的典故。此地无银的曹丕还用金石为记，就是《上尊号碑》和《受禅表碑》。

做戏做全套，为了模仿舜娶了尧的两个女儿做夫人，曹丕不惜娶了献帝的两个女儿为妻。但在伦理上有说不通的地方。他的父亲曹操就是靠把女儿嫁给献帝才当上汉朝的外戚，他又娶了献帝的女儿，这不就是相当于娶了自己的外甥女吗？

曹丕费尽心思地想了这么一个形式，后来却被司马懿的孙子司马炎完完整整地抄了作业，终结了曹魏大业。

曹丕当然想不到这些，他此时要做的，就是找一个名正言顺的理由，取代存在了四百年之久的汉朝。对于曹丕的所作所为，很多一直拥护曹氏的大臣都看不下去，四世三公杨彪就拒绝为曹丕效力。他的亲弟弟曹植当时身为临菑（现山东淄博）侯，听到曹丕称帝，以为献帝已死，忍不住失声痛哭。

曹丕登基那天，看到官位最高的华歆、陈群满脸写着不高兴，便问陈群：现在我做了皇帝，大家都开开心心，你作为尚

曹丕像　《历代帝王图》局部　［唐］阎立本
美国波士顿美术博物馆藏

书，怎么脸上一点喜色都没有？陈群说：我们心里当然开心，
可是表面上不能流露。不仅我们不能表现得太开心，您也不能
太开心啊。

　　曹丕想想也有道理，毕竟是受禅让，怎能表现得像篡权一
样？

　　但这也给他落下了一个心病。曹操生前说当皇帝就像坐在
炉火之上，不是没有道理。此时的曹丕，最需要的，是对他名

正言顺的肯定。

　　现代心理学有一个名词叫共情，它是一个人能够理解另一个人的独特经历，并对此做出反应的能力。对于一份给上级的建议书来说，当你能够站在对方的角度考虑，已经成功了大半。

　　钟繇的聪明在于，他知道曹丕的心病，先述"前恩"，这就等于默认了曹丕这套禅让的把戏。

可爱与可憎

　　还有一个人了解曹丕的心病，就是孙权。

　　曹丕称帝时，刘备那边一片声讨，大骂曹丕汉贼、篡汉，还召集群臣为献帝服丧（后来得知献帝并没有死），然后迅速称帝。而孙权也不是没有野心，但当时吴国内部经受山越反乱、外部面临刘备的攻击，他决定隐忍自重，先不考虑称帝之事。陈寿说他"屈身忍辱，任才尚计，有勾践之奇"，在这方面，孙权是一个有耐心的智者和军事家。而且他兵不妄动，"故战少败而江南安"。

　　其实，在《宣示表》之前，钟繇跟曹丕就对此有过交流。《魏略》曰：

　　　　孙权称臣、斩送关羽。太子书报繇，繇答书曰："臣同郡故司空荀爽言：'人当道情，爱我者一何可爱！憎我者一何可憎！'顾念孙权，了更妩媚。"太子又书曰："得报，

知喜南方。至于荀公之清谈，孙权之妩媚，执书嗢噱，不能
离手。若权复黠，当折以汝南许劭月旦之评。权优游二国，
俯仰荀、许，亦已足矣。"

孙权被史学者评价为"英人之杰""雄时之才"，英雄之与
妩媚，天壤不同。我曾对此蓄疑颇久，直至看到唐太宗说魏徵：
"人言魏徵倔强，朕视之更觉妩媚耳"。

魏徵给皇上进谏，皇上不肯听从。之后皇上对他讲话，他
便也不肯答应。皇上说：你答应了我，再来劝谏，又何妨？魏
徵却说：如果心里不从，表面上却答应，那就是面从，昔舜戒
面从，那不是我服侍皇帝的初意。

所以说魏徵是良臣。匡君宁要良臣不要忠臣，因为良臣可
以绳愆纠谬，可以为镜。

而钟繇说孙权妩媚，如同曹操的"生子当如孙仲谋"，是
英雄惜英雄。孙权知进退、有计谋，这些计谋用来对付蜀，钟
繇便觉其可爱，这些计谋用来对付魏，钟繇便觉其可憎。

有时候人的沟通，并不是寻找答案，而是情感的接纳。钟
繇的沟通方式很值得学习，他把态度简短表明之后，并没有说
你应该如何如何做，只是客观的叙述。钟繇的建议是：

　　亦宜待之以信，而当护其未自信也。其所求者，不可不
许，许之而反，不必可与，求之而不许，势必自绝，许而不
与，其曲在己。

为什么要"待之以信、其所求者，不可不许"，因为"深念天下，今为已平"。时天下三分，魏国十有其八，吴、蜀各保一州，钟繇想的是，天下已经平定，要在道义上站得住脚。而与钟繇身份相似的另一位先帝谋臣刘晔，却提出了截然相反的看法：

> 因难求臣，必难信也。彼必外迫内困，然后发此使耳，可因其穷，袭而取之。

刘晔主张拒和，正中曹丕下怀。可他建议联合蜀国一起打吴，曹丕却很难接受。曹丕刚一称帝，刘备就对着干，这时候让他跟刘备联手，比吃了苍蝇还难受。更何况，给他提建议的这个人也姓刘，不得不让曹丕犯了疑心病。

有时候，不是方案不行，而是提方案的人不行。

钟繇与刘晔都是曹操的谋臣、三朝元老，然而结局却大不相同，钟繇位列三公之首，人称钟太傅，而刘晔在职业生涯的最后晚节不保，失去明帝信任，发疯而死。

三国鼎立

《宣示表》的最后，钟繇还是强调了一下自己元老的身份：

> 昔与文若奉事先帝，事有数者，有似于此。粗表二事，

以为今者事势，尚当有所依违，愿君思省。若以在所虑可，不须复貌。节度唯君，恐不可采，故不自拜表。

估计我的建议不会被采纳，就不亲自参拜上表了。当有了同理心，你会发现，理解人所得到的乐趣要比审判人大得多。

历史无法推倒重演，我们很难想象，如果曹丕采纳了相反的意见，会有什么不一样的结果。而我们可以看到的历史是：

《傅子》曰：权将陆议大败刘备，杀其兵八万余人，备仅以身免。

陆议即陆逊。孙权向刘备求和不成，便发起反攻，陆逊火烧连营，杀敌有没有八万不好说，但刘备败后一病不起，才有了白帝城托孤。

曹丕也在三年之后造船南征。可打败他们的从来都不是孙权，而是长江的风和浪。

公元 213 年春天，曹操曾率军"出濡须，作油船，夜渡洲上"，相持一月有余，最后以双方单方面宣布胜利结束[1]。

十二年过去了，魏军不仅水性没有变好，亦没有掌握造船的核心技术。第一次南征在秋天。曹丕的龙舟在南岸飘荡、几至倾覆。尤奈只得班师回朝，"魏虽有武骑千群，无所用也。"

---

[1]《三国志·魏书·武帝纪》的记载是"攻破权江西营"，《三国志·吴主孙权传》裴注引《吴历》曰："权以水军围取，得三千余人，其没溺者亦数千人。"

第二次南征在冬天，待十万大军行至江边，却发现"水道冰，舟不得入江"。

两次南征都以这样喜感的方式结束，此后六十余年陷入对峙和拉锯战，曹氏直到"禅让"也未能实现统一。

站在千年之后看历史，或许发现，这个《宣示表》可能决定了魏文帝曹丕的态度，也多多少少与后来的三国鼎立有点关系。

衣冠南渡

我们后来所了解的钟太傅，是那个被称作"楷书鼻祖"的钟繇，是对书法痴迷到呕血发冢的钟繇。但碑帖也是历史的见证，从《宣示表》的二百九十九个字里，我们读到了一个不一样的钟太傅。

在书法史上，像钟繇这样官位与书法地位相匹配的并不多。孙过庭《书谱》云：

> 夫自古之善书者，汉魏有钟张之绝，晋末称二王之妙。

张怀瓘《书断》云：

> 真书绝世，刚柔备焉，点画之间，多有异趣。可谓幽深无际。古雅有余，秦汉以来一人而已。

喜欢王羲之的梁武帝更是将钟繇当作"老师的老师"，赞张芝经奇，钟繇特绝，逸少鼎能，献之冠世。评钟繇书如：

> 飞鸿戏海，舞鹤游天。行间茂密，实亦难过。

就像钟繇所处的时代一样，如果非要给书法史找一个节点，《宣示表》不一定是钟繇最好的作品，却开启了中国书法的帖学时代。王僧虔《书论》载：

> 丧乱狼狈，犹以钟繇《尚书宣示帖》藏衣带中，过江。

晋室南渡，丞相王导、王羲之的堂伯父，把它缝在衣带中携至江左，视同生命一样珍惜。后来王导将此帖送给王羲之，王羲之又借给好友王修。王修英年早逝，他的母亲便将此作为陪葬埋入墓中。

如果这是真的，那么我们现在看到的《宣示表》，虽然作者是钟繇，却是王羲之的"新体"。董其昌《画禅室随笔·临宣示表题后》：

> 阁帖所收，惟宣示表、还示帖，皆右军之钟书，非元常之钟书。

对比钟繇的《荐季直表》可以看出改进，去掉隶书的着意于横向翻挑、飞扬的笔势，延展竖笔，姿态横溢，"极凤翥鸾翔之变"。在此基础上，加一些牵丝连带，就是行书，加一些竖画和方正，就是楷书。

钟太傅的楷书，不是文字学意义上的楷书，是在楷书与八分之间，章草的变体。"古今真书之神妙，无出钟元常，其次则王逸少"，与王羲之相比，钟繇很高古，但与章草前辈们比，钟太傅或许是那个尝试新体"吃螃蟹的人"呢？

看你骨格清奇，请收下这份秘籍

王氏一门

万岁通天二年（697）五月的一天，暮钟已然敲过，可王綝丝毫没有睡意，他知道这一刻早晚会到来。

这天他接到女皇武则天的墨制，是一份亲手书写的密令。只是，与政事无关——闻卿家多书籍，可还有右军遗迹？

王綝，字方庆，陕西咸阳人。史书上说他"以字行"，祖籍山东临沂，来自大名鼎鼎的琅琊王氏。

他的十一世祖王导是东晋丞相，就是"王与马，共天下"的"王"，也是王羲之的堂伯父。西晋末年晋室衣冠南渡，王导举家从洛阳迁到建康（今江苏南京）。

二百多年后，江陵沦陷，他的曾祖父王褒"北漂"到咸阳。王褒是南朝梁的宫廷诗人，娶了梁武帝的侄女。北周给了他和庾信更显赫的官职，两人却再也没能回到江左。

王方庆的十世祖王洽，是王羲之的堂弟，曾与王羲之相约

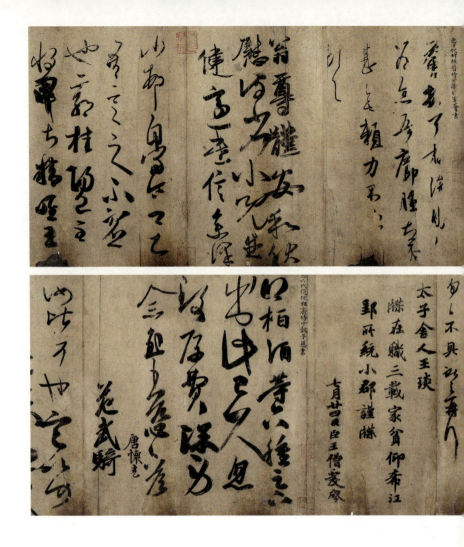

《唐佚名摹王氏一门书翰卷》又称《万岁通天帖》 纸本 26.9cm×296.3cm 辽宁省博物馆藏

廿二日羲之頓首
頃遂頓首頃遂
猥女云云痛摧剝情
不自勝奈何奈何省行感慕
塞不次王羲之再拜

二月十二日山陰羲之頓首

一昨得二帖知足下
勝常甚慰甚慰耶
夏疾比復佳不
不月廿七日

二日告氏女新月哀摧不自勝
奈何念痛奈不可任以疏言
汝故異懸心兩溫熱復行
以食不吾羸劣頓頃
轉日益以此自護力不一
激心奉書

姚懷珍
滿騫

一昨中孤遇云云
為面氣力漸勝
漸爾爾來痛疾
云來倍常晚
以遠慕岂以遠
禮復惟懷不

一起变古法、创新风，变章草为今草，可惜三十六岁就去世了。

王洽的小儿子王珉被后人称作"小令"，因他接任中书令的职位，"大令"就是他的族兄王献之。他的哥哥叫王珣，就是乾隆"三希"之一《伯远帖》的作者，也是王方庆的九世祖。

王珣的儿子王昙首跟曾祖王导一样，是刘宋的开国功臣。他的大儿子叫王僧绰，娶了宋文帝的长女，因为卷入太子之争，不到三十岁便被杀害。二儿子是书法史上赫赫有名的王僧虔，写过《书论》。

王僧绰的儿子王俭，字仲宝，被叔父王僧虔抚养长大。王僧虔曾说："我不患此儿无名，正恐名太盛耳。"王俭娶了宋明帝的女儿，帮助萧道成称帝建齐，不到三十岁便当上宰相。他还是国子监的校长，撰写《诗品》的钟嵘就是他的学生。他还兼领吏部，手握整个南齐的人事任免权，后来当了皇帝的萧衍和著名诗人谢朓都受过他的知遇之恩。

与王仲宝相比，长子王骞可就太佛系了。他教育儿子们："吾家本是素族，自可依流平进，不须苟求也。"他的子侄全都婚嫁皇室，府邸在每月的初一、十五都车马雍雍，他觉得很烦，要求子女每年只见一两次。只有一次，梁武帝建寺院，要买他的旧宅，他佛系不起来了。因为这是东晋皇帝赐给王导的田地，是祖上家产。他直接辞绝了梁武帝。换来的不仅是地被"强卖"，还因为忤旨被降了职。

王骞生子王规，王规的儿子就是王褒。王褒之后，王导家族又出了一个宰相，就是王方庆。

这是个什么神仙家族？从魏晋到隋唐的文人书家，对别人来说是书法史；对王方庆来说，就是家史。

万岁通天二年五月，银青光禄大夫、行凤阁侍郎、同凤阁鸾台平章事、上柱国、琅琊开国男臣王方庆奏道：

> 臣十代从伯祖羲之书，先有四十余纸，贞观十二年太宗购求，先臣并以进之，唯一卷现今存。又进臣十一代祖导、十代祖洽、九代祖珣、八代祖昙首、七代祖僧绰、六代祖仲宝、五代祖骞、高祖规、曾祖褒，并九代三从伯祖晋中书令献之以下二十八人书，共十卷。（《旧唐书·王方庆传》）

七人十帖

根据《旧唐书》的记载，王方庆当时进呈的有十一卷：王羲之一卷，导至褒与王献之等二十八人共十卷，唐人称这组为《宝章集》。而现在我们在辽宁省博物馆看到的，只剩下一卷，共七人十帖。宋人岳珂将这一卷起名为《万岁通天帖》，因其卷尾有"万岁通天二年"的年款，又称"唐摹王羲之一门书翰"。

也有史料记载，进献和摹拓的年份是神功元年。其实这大可不必纠结。无论万岁通天二年还是神功元年，都是公元697年，这一年九月，武则天改年号为神功。凤阁、鸾台也是武则天时期的专用称呼，凤阁就是之前的中书省。

当时武则天颁布了十三个新体汉字，例如国家的"国"写作"圐",表示拥有八方。王方庆呈上的书迹卷末的"上柱圐"、"开圐男"都用了新体字。每帖前有王方庆用小楷书其祖辈名衔。

第一帖：《姨母帖》王羲之"哀痛摧剥"

　　　　臣十代再从伯祖晋右军将军羲之书。十一月十三日，羲之顿首，顿首，顷遭姨母哀，哀痛摧剥。情不自胜，奈何奈何！因反惨塞，不次。王羲之顿首顿首。

开头的一行小字是王方庆补的。"臣"字用的是武则天颁布的新体汉字，忠字上面一横，代表臣。这封信只有短短十几个字，却表达了无法言语的伤痛：哀痛摧剥。那时王羲之大概刚刚得知姨母去世的消息，仿佛被摧毁剥裂的痛，无可奈何！一时竟不知该说些什么。

姨母是谁呢？后世有许多猜测，有学者考证是王羲之的书法老师卫夫人。《书断》里说"卫夫人永和五年卒，年七十八"，他的儿子李允与王羲之也是好友。如此推断，这封信大概是永和五年（349）所作。

清代末期在楼兰遗址发现了一批晋人残纸，其中《李柏文书》《九月十一日纸》与《姨母帖》非常相似，相似的圆厚点画、相似的古朴用笔、相似的字形外拓，这与创新体之后那个修长、清秀的王羲之大不相同。或许，这才是晋人书写本来的样子。

第二帖：《初月帖》王羲之"卿佳否"

初月十二日，山阴羲之报：近欲遣此书，停行无人，不辨遣信。昨至此，且得去月十六日书，虽远为慰。过嘱。卿佳不？吾诸患殊劣殊劣。方陟道忧悴。力不具。羲之报。

这个开头加了地点：山阴羲之。永和七年（351），四十八岁的王羲之出任会稽内史，山阴是会稽郡郡治所在地，这封信应该是书于永和七年之后。"初月"就是"正月"，王羲之祖父名"正"，为避先祖名讳，书"正"为"初"。

陶弘景在与梁武帝《论书启》中云："逸少自吴兴以前，诸书犹为未称。凡厥好迹，皆是向在会稽时永和十许年中者。"此书也许正是其间的"好迹"。这封信基本以草书为主，结字像章草，但又不同于章草的字字独立，两字或三字之间开始有了牵丝连带。

王羲之说，这封信写好，要托人带去，却没有人来往，信送不出去。"我昨天刚到山阴，就收到（你）上月十六日的回信，虽然路途遥远，但心里总算有一丝慰藉。"

古人问候的方式跟我们现在好像也没什么区别。"过嘱。卿佳不（否）？"——"你的嘱托我收到啦，你怎么样呢？"

"过嘱"这个词一般只会在回信里出现，就是对方写信叮嘱了很多要注意的事，比如好好吃饭、天冷要加衣啊。所以要回"过嘱"，就是"谢谢你的嘱托"。

"你好吗？我不好，身体有许多疾患，心情也很糟糕，刚刚上路，身体有些疲劳，就写到这里吧。"可能我们都是在比较衰的时候，收到朋友的信，才会有那种"虽远为慰"的感受吧。

第三帖:《疖肿帖》王荟"疖子肿了"

　　臣十代叔祖晋侍中卫将军荟书。荟顿首，□□□□为念，吾疖肿甚□甚无赖，力不次，荟顿首。

开头一行仍是王方庆的题签。王荟是王导的小儿子。这封信有些地方字迹不清，已经很难辨认。

"我疖子肿了，好疼啊，干什么都没有力气。"那时候写信有点像我们现在的朋友圈，什么疖子肿了，浑身没劲啊，都得更新一下，只是那时候车马比较慢，更新速度自然也很慢。

王荟的这封信也不同于一般的行书，比起那时的流行书风，王荟的字更加内擫、斩截、修长。也许，疖肿事小，他只是在给朋友秀一种很新的书体。难怪清人杨守敬评："欧阳率更已胎息于此。"

第四帖:《翁尊体帖》王慈[1]"我说得没错吧"

　　翁尊体安和，伏慰侍省，小儿并健。适遣信集泽小邮，自当令卿知吾言之不虚也。郭桂阳已至，将甲甚精。唯王临庆军马小不称耳! 以病告皆差耶，秋冬不复忧病也。迟更知问。七月廿七日。

---

　　〔1〕按今装顺序，与《三希堂帖》同，为王荟第二帖；按《宝真斋法书赞》该帖列在《汝比帖》之后，是王慈的第三帖。以书法风格看与王慈接近，现取后者。

王慈是王僧虔的长子，与堂兄王俭一起在南齐做官。王慈去世后，梁武帝曾对萧子云说："盖王氏为书家巨擘，而其渊源本之元常。嗣后僧虔一以元常为法，而子慈又复古劲过之，直超神妙，几欲掩其祖父矣。"这里的"祖父"应该是指王珣。

此信开头"翁尊体安"四字，便与《疖肿帖》形成强烈差异，有雄强之风。这大概是写给一个受人尊敬的长者，除了礼貌的问候，还有一点小小的得意。"等信使到达，您就会知道我当初说的一点都没错。"这里面还提到两个人名：郭桂阳和王临庆，所以此帖还称《郭桂阳帖》。"郭桂阳已经到了，装备精良，只是王临庆的马匹稍显不足。希望这次病好之后，秋冬就不用担心生病了。"

第五帖：《新月帖》王徽之"好好吃饭"

> 臣九代三从伯祖晋黄门郎徽之书。二日，告□氏女，新月哀摧不自胜，奈何奈何。念痛慕，不可任。得疏知汝故异恶悬心，雨湿热，复何似。食不？吾牵劳并顿，勿复。数日还，汝比自护。力不具。徽之等书。姚怀珍、满骞（押署）。

"卿佳不""食不"……看完《初月帖》再看《新月帖》，原来古人在难过的时候，问候也不过是"弃捐勿复道，努力加餐饭"。

这一帖墨迹清晰，只是把"氏"前面的姓涂掉了。有人猜测，也许是李氏女，为了避皇帝名讳而涂。某某人家的女儿去世了，也许是早夭，王徽之说"念痛慕，不可任"。他出门在外，还牵挂家里那个人，"雨湿热，复何似。食不？"有没有好好吃饭？"我们很快就回去了，你一定要照顾好自己。"

其实，《万岁通天帖》不只是王家人笔法的传承，这些信关乎生老病死、悲欣心情、寻常问候，既有书体演变的轨迹，也是他们生活过的痕迹。

第六帖：《廿九日帖》王献之"没来得及好好送你"

> 臣九代三从伯祖晋中书令宪侯献之书。廿九日献之白：昨遂不奉别，怅恨深。体中复何如。弟甚顿。勿勿不具。献之再拜。僧权（押署）。

就因为昨天没来得及送别，王献之专门给这位兄长写了封信。其实就相当于我们现在发了条简讯吧。

奉下面"别怅"二字已模糊不清，旁边还有押署"僧权"二字，也是只剩半截可看。

此帖奇就奇在，同一封信竟然出现了三种书体。开头是楷书，中段是行书，当然，"献之""何如"又是草书的结构。到了末尾"献之再拜"，又是典型的草书一笔书。这就是王献之，通会之际，何必人书俱老？

第七帖：《太子舍人帖》王僧虔"我这个朋友很不错"

> 太子舍人王琰。牒。在职三载，家贫，仰希江郢所统小郡，谨牒。七月廿四日臣王僧虔启。

这是一封公文，可能是写给皇帝的，所以书写认真拘谨，是端正的楷书。"这是我朋友的简历，他很不错的。"

王僧虔的书法在南朝很有名气，宋文帝刘义隆看到其书写的素扇曾惊叹："岂止是笔迹超越王子敬，器量弘雅更是过之。"刘义隆的儿子刘骏（宋孝武帝）一向以书法自居，王僧虔在他面前不敢显山露水，大明年间写公文都只敢用秃笔。

那时，王僧虔家住建康马蓄巷（又称马粪巷），乃王宫禁地。后来，他改任御史中丞、领骁骑将军，搬到了乌衣巷，那里所住者，官都没他大，他才说："此是乌衣诸郎坐处，我亦可试为耳。"

南齐高帝萧道也痴迷书法，有次他问王僧虔："你被称作当今书法第一，那是你写得好，还是我写得好啊？"王僧虔谨慎地答："论楷书，我好一点；论草书，您更好。"也是非常机智了。那时公文材料都用楷书，如果要论书法艺术，还得是任情恣性的草书。

难怪苏东坡故意学王僧虔的扁拙、肥厚，有时候人在庙堂，就是想藏一点锋芒吧？

第八帖：《柏酒帖》王慈 "谢谢你送我的酒"

唐怀充（押署）。臣六代从伯祖齐侍中懿子慈书。得柏酒等六种，足下出此已久，忽致厚费，深劳念慰。王慈具答。范武骑。

好一个范武骑！每次看这些信札，都在想，范武骑、山阴张侯是多么幸运的人啊！

"已收到柏叶酒等六种。你离开此地也很长时间，突然破费送这么大的礼物，深感烦劳，我很欣慰。"王慈写了封信表示答谢。就像《快雪时晴帖》里的"山阴张侯"一样，这个"范武骑"就是收信人。

在"范武骑"旁边，还有一个人名，就是"唐怀充"。他是南梁的鉴藏家，主要工作就是在接缝或首尾处押署。《述书赋》里说，梁武帝的几个鉴藏家的押署各有特点，怀充、怀珍主打一个"多"，（陈）延祖、（范）胤祖就比较稀少，僧权签名似长松挂剑，满骞签名如盘石卧虎。加上前面几个押署，这可能还是唯一一次，唐怀充、徐僧权、满骞、姚怀珍四人押署同时出现在一件作品中。

第九帖：《汝比帖》王慈"你近来可好"

　　汝比可也？定以何日达东，想大小并可行。迟陈赐还。知汝劣劣，吾常耳。即具。

汝比可也——王献之有个《夏日帖》，其中一句与王慈这句相似。"薄热，汝比各可不？""你近来可好？"有时候其实也没什么重要的事，就是想问候一下。

王氏一门到王慈，已经是南齐的书风，但其行草书中的外拓、连绵，又能在前面王献之的书迹中找到身影。

第十帖：《一日无申帖》王志"喉咙痛"

臣六代从叔祖梁中书令临汝安侯志书。一日，无申只
□，正属雨气方昏，得告深慰。吾夜来患喉痛，愦愦，何□
晚当故造迟叙。诸惟反不（多）[1]。

　　雨气方昏的晚上，王志可能是着凉了。古人跟我们一样，
夜里喉咙痛，也要发个"朋友圈"。透过纸墨，我们仍可以感
受到他，千百年前身上的痛。王志是王慈的弟弟，宋孝武帝的
女婿，经历了南朝宋齐梁三朝。
　　这样纵横挥洒的行草，一定不是写给南朝某个皇帝的。有
些字，潦草至极，怕是皇帝也猜不出来。

尺牍三百年

　　这些信札，从东晋到南梁，历时二三百年。可以想见，当
年武则天在唐太宗费尽心思搜罗二王法帖之后，还能看到十一
卷的王氏一门书迹，是何等欣喜。
　　宋人薛绍彭大概也见过这《宝章集》，他在《秘阁观书》
里有一段专门写此：

　　　琅琊世谱今乃识，宝章十代何蝉联。忠良贼孽无去取，

---

　　[1] 释文均参照启功《〈唐摹万岁通天帖〉书后》（《美术大观》2018年
第3期）。

茂宏处仲同一编。其间楷真特萧散，南平秘法传僧虔。卷杪题官记年月，方庆疏封在石泉。当时盛事今不泯，曾看崔序传遗篇。

茂宏是王导，处仲是王敦，可见原来《宝章集》两人是放在一起的。如果把书法比作功夫，那么这个时期的士族很像武侠小说里的武林门派，笔法的传承是以家族内部为主的。而像王方庆这样，能保存琅琊王氏十代书迹的，无出其右。

窦蒙注《述书赋》云：

> 后不欲夺志，逐尽模写留内，其本加宝饰锦缋，归还王氏，人到于今称之。

君子不夺人所好，但皇帝可以。"苏门四学士"之一的晁补之说，他年轻时读到"萧翼赚兰亭"的故事，实在不能理解——"《兰亭序》若是贵耶，致使万乘之主，捐信于匹夫。"

在这方面，武则天比前夫更加大气。她把王方庆的摹本留内，原迹精心装裱后赐还，并命右史崔融将此事完整记载，因此得了一个"顺天矜而永保先业，从人欲而不顾兼金"的美名。

可就因为女皇一句"摹本"的盖棺论定，让《万岁通天帖》在之后的流传中备受轻视。明代大藏家项元汴认为它"价浮"，转给哥哥项笃寿；清内府把它列为"唐摹"，都没有收入"三希堂"。但若不是如此，我们今天恐怕没有机会看到如此精准的摹揭，"连原迹纸边破损处都一一钩出"。

其实，摹本不摹本的并不重要，启功先生就说，摹本"赐还"还是"留内"比较重要，"摹拓本若是留内的，那拓法必更精工，效果必更真实，我们便更可信赖了。"启先生还说，"可笑的是那么厉害的武则天，也会错说出一句'是摹本'的真话，竟使她大费心思制成的一件瑰宝，在千年之后，两次遇到'信假不假真'的人！"

其实，唐代以来便有不少书家，从《万岁通天帖》中揣摩六朝人的笔法。直到清代之后，越来越多的碑刻墓志出土，人们才发现，这个家族的书风演变与整个书法史息息相关。

"徽、献、僧虔的真书和那'范武骑'真书三字若用刻碑刀法加工一次，便与北碑无甚分别。"我们未曾见过龙门石窟那些造像未刻前的样子，也没有看过洛阳那些墓志的书丹，但王氏一门的书迹却给出了想象：也许，那时南北的文化交流，并不像地理上那么割裂，而南朝的书风传到北方，也不像我们想象中那么漫长。

其实早在元代，张伯雨就说了："晋人风裁赖此以存，具眼者当以予为知言。好事之家不见唐摹（王羲之一门书翰）不足以言知书者矣。"对于热爱书法的人来说，没见过《万岁通天帖》，就不能说真正懂了书法。

第五章

绮怀·愿为西南风

明月照高楼，流光正徘徊。

上有愁思妇，悲叹有余哀。

借问叹者谁？言是宕子妻。

君行逾十年，孤妾常独栖。

君若清路尘，妾若浊水泥。

浮沉各异势，会合何时谐？

愿为西南风，长逝入君怀。

君怀良不开，贱妾当何依？

——曹植《七哀诗》

曾是惊鸿照影来

曹植的心迹

李安导演的电影《卧虎藏龙》，有一幕是秀莲（杨紫琼饰）拜访玉府，玉娇龙（章子怡饰）正在书房里练字，镜头在玉娇龙的笔尖停留一秒，只一眼便可以看出，她写的是王献之的《十三行》。

《十三行》其实是曹植的《洛神赋》，是王献之所写。可流传至今的只有十三行，便取名为《洛神赋十三行》，简称《十三行》。玉娇龙临的帖应该是"玉版十三行"，是刻本，因为到了她的时代（晚清），连墨迹都不见了。

传说宋元时还有两种墨迹流传，一种是晋麻笺本，曾被著名书法家赵孟頫收藏；一种是唐硬黄本，后面还有柳公权跋记：

子敬（王献之）好写洛神赋，人间合有数本，此其一焉。

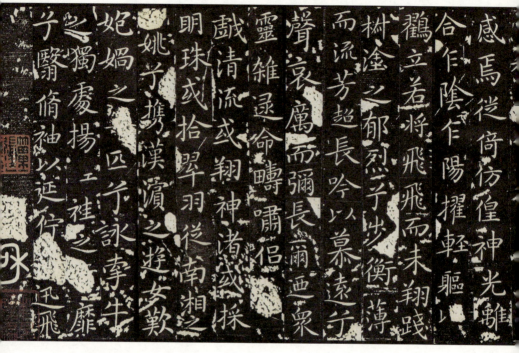

《洛神赋十三行》玉版刻本

宝历元年正月廿四日，起居郎柳公权记。

前一种曾被南宋宰相贾似道用玉石翻刻。两种墨迹版失传后，明万历年间在杭州葛岭出土了一块碧玉原石，内容为十三行，前有"晋中书令王献之书"，后有宣和印文。因出土地系贾似道半闲堂旧址，后人便将此作为晋麻笺本墨迹所刻之原石。释文曰：

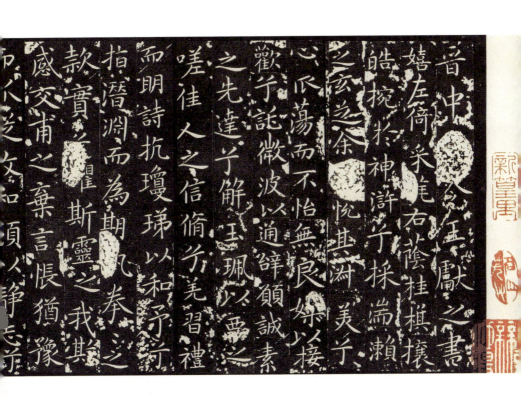

晋中（书）令王献之书。

嬉。左倚采旄，右荫桂旗。攘皓腕于神浒兮，采湍濑之玄芝。

余（情）悦其淑美兮，心振荡而不怡。无良媒以接欢兮，托微波以通辞。愿诚素之先达兮，解玉佩以要之。嗟佳人之信修兮，羌习礼而明诗。抗琼珶以和予兮，指潜川而为期。执拳拳之款实兮，惧斯灵之我欺。感交甫之弃言兮，怅犹豫而狐疑。收和颜以静志兮，申礼防以自持。

于是洛灵感焉，徙倚彷徨。神光离合，乍阴乍阳。擢轻躯以鹤立，若将飞而未翔。践椒涂之郁烈兮，步蘅薄而流芳。超长吟以慕远兮，声哀厉而弥长。尔乃众灵杂逯（沓），命俦啸侣。（或）戏清流，或翔神渚，或采明珠，或拾翠羽。从南湘之（二）妃兮，携汉滨之游女。叹匏娲（瓜）之（无）匹兮，咏牵牛之独处。扬轻袿之（猗）靡兮，翳修袖以延伫。（体）迅飞。

《洛神赋》是曹植的名篇辞赋，讲的是人神相恋却无法修成正果、最终天各一方的故事。洛神就是宓妃，"伏羲女，溺死洛水，遂为洛水之神"。屈原《离骚》云："吾令丰隆乘云兮，求宓妃之所在。"《洛神赋》是曹植的精神世界，是一场"白日梦"。而关于曹植，后世也有诸多想象。

第一种是说《洛神赋》是曹植写给嫂子甄氏的，这种说法最早来自唐人李善注《洛神赋》引《记》。按照《记》的说法，《洛神赋》之前叫《感甄赋》，魏明帝曹叡继位后，为避母名讳，才改为《洛神赋》。甄氏死后，正好曹植到洛阳朝觐，曹丕便把甄氏的遗物玉镂金带枕送给了曹植。

听起来八卦又荒唐，就连注者李善本人都不相信。且不说曹植与甄氏相差十岁，曹丕纳甄氏时，曹植只有十三岁，就说曹丕把甄氏的遗物送给曹植这一行为，"里老所不为"，何况是帝王呢？

《洛神赋》之前叫《感鄄赋》，不是甄氏之"甄"，而是鄄城之"鄄"（juàn）。《洛神赋》开头——"余从京域，言归东藩"，"东藩"就是鄄城。

虽然唐人并不相信曹甄之间的故事，但并不妨碍他们写在诗里。元稹就有"班女恩移赵，思王赋感甄"句，当然，最著名的还是李商隐的《无题》诗：

> 贾氏窥帘韩掾少，宓妃留枕魏王才。春心莫共花争发，一寸相思一寸灰。

第二种说法是隐喻君臣大义。自古以来，文人常将君王比作美女，比如屈原、宋玉。曹植也说了，他"感宋玉对楚王神

曹植与洛神相见之场面　《顾恺之洛神赋图（宋摹）》局部　绢本设色
27.1cm×572.8cm　故宫博物院藏

女之事，遂作斯赋"。

黄初元年（220），曹丕称帝后不久，便杀了曹植的密友丁仪和丁廙，而曹植本人也因"醉酒悖慢，劫胁使者"，被贬安乡侯，后改封鄄城。政治环境如此恶劣，曹植只能以文明志，著名的《杂诗六首》就创作于这一时期。"高台多悲风，朝日照北林。之子在万里，江湖迥且深。""愿欲一轻济，惜哉无方舟。闲居非吾志，甘心赴国忧。"《魏志》曰：

> 黄初三年，立植为鄄城王。四年，徙封雍丘，其年朝京师。

这一年，曹植到洛阳朝觐，返回鄄城途中写下《洛神赋》——"虽潜处于太阴，长寄心于君王"，这句足以表明曹植的心迹。

第三种说法是《洛神赋》里的宓妃可能有曹植对亡妻崔氏的想象。崔氏是魏国尚书崔琰的侄女，史书说她因为穿得太奢华被曹操赐死。而曹操不过是借杀儿媳妇来打击自己的政治异己崔琰。

曹植的厄运非此一桩，建安十八年（213）之后的三年，他接连失去两个女儿和妻子。他在《行女哀辞序》里写："感前哀之未阕，复新殡之重来。"痛失大女儿金瓠的悲伤还没有结束，又眼看着次女被尘土掩埋。

崔氏去世很多年，曹植都没有再续正室。《浮萍篇》里"何意今摧颓，旷若商与参"，为何让我们蹉跎岁月，远隔天涯，就像商星与参星永不相见？"新人虽可爱，无若故所欢"，新人再可爱，也不如过去所爱之人。

这与《洛神赋》中的"叹匏瓜之无匹兮，咏牵牛之独处""恨人神之道殊兮，怨盛年之莫当"非常相似，写的是都是曾经相爱而被迫分开的人。

不觉有余事

大令为何好写《洛神赋》？可能是与曹植的境遇有颇多相似之处。

"献之字子敬，少有清誉，善隶书，咄咄逼人……"这不是人物传记，也不是求职简历，而是一位老父亲——右军将军、会稽内史王羲之写的求亲信。

王羲之退休前最大的心愿，就是完成小儿子王献之的婚事。献之想娶的对象，是他青梅竹马的表姐郗道茂，也是王羲之小舅子郗昙的女儿。

而这里所提的"隶书"，其实就是楷书。启功曾说，"隶"这一词各个时期名同实异，"秦俗书为隶，汉正书为隶，魏晋以后真书为隶"。王羲之用书法作为求亲特长，可见献之少时已有盛名，连王羲之都承认"咄咄逼人"——快要赶上老父亲了。

有人将玉版《十三行》的拓本剪裱本反转成白底黑字，与冯承素摹《兰亭序》放在一起对比，意外发现父子俩的章法、行气、比例竟出奇相似。虽然一为楷书、一为行书，但王献之的小楷，端庄里还有流丽。孙过庭说"通会之际，人书俱老"，不见得是年龄有多老，王献之一生不过四十二年，但已经非常通会。

虽然王羲之的求亲信没有墨迹和拓本，但光看《晋书》记载的文字，就知道很有诗意：

> 仰与公宿旧通家，光阴相接，承公贤女淑质直亮，确懿纯美，敢欲使子敬为门闾之宾。故具书祖宗职讳。可否之言进退唯命。羲之再拜。

"宿旧通家，光阴相接"，是说王郗两家既是世交，又是姻亲。郗道茂贤淑正直，王子敬风流才气，两人自小便相熟。郗家也家学渊源且在书法上造诣深厚，与王献之兴趣相投。

然而，在坚如磐石的生存需要跟前，任何诗意的爱情都是以卵击石。王羲之与郗昙去世后，高平郗氏最权高位重之者便是桓温的幕僚、郗道茂的表哥郗超。但桓温的病重失势让郗家日渐式微，基本退出了政治舞台。而此时简文帝的女儿新安公主因为前夫桓冲的谋逆归家，需要重选驸马来谋求政治资本。

《淳化阁帖》收录王献之的《奉对帖》，看起来像是离婚后写给郗道茂的：

> 虽奉对积年，可以为尽日之欢。常苦不尽触额之畅。方欲与姊极当年之乏（匹），以之偕老，岂谓乖别至此！诸怀怅塞实深，当复何由日夕见姊耶？俯仰悲咽，实无已已，唯

当绝气耳!

明明是自己先提的分手,却还在回忆与表姐的"尽日之欢"。虽然离了婚,但还是想跟表姐白头到老。在日暮西山的表姐家族和皇帝的女儿之间,王献之选择了后者,当然这可能是琅琊王氏的选择,却让他德行有亏,直死不能释怀。《世说新语·德行》云:

> 王子敬病笃,道家上章应首过。问子敬:"由来有何异同得失?"子敬云:"不觉有余事,唯忆与郗家离婚。"

白月光

《洛神赋》通篇都很美,但最美的还是那句:

> 其形也,翩若惊鸿,婉若游龙。荣曜秋菊,华茂春松。髣髴兮若轻云之蔽月,飘飖兮若流风之回雪。

刘克庄说,形容一个女子好看,最好的词就是"惊鸿"——"燕燕莺莺喻,工于状妇容。不如洛神赋,比拟作惊鸿";《卧虎藏龙》里,玉娇龙的名字就来自"翩若惊鸿,婉若游龙",人如其名的她也让大侠李慕白心中泛起一丝涟漪;陆游年暮时回想起与唐婉最后一次相遇,留在记忆中的也是"伤心桥下春波绿,曾是惊鸿照影来"。

陆游和唐婉，年少夫妻被母亲拆散。虽然只短短两年姻缘，却用一生来凭吊。六十三岁，陆游采菊缝枕囊，想起二十岁时与唐婉也有相似场景，不禁凄然：

采得黄花作枕囊，曲屏深幌闷幽香。唤回四十三年梦，灯暗无人说断肠。

八十一岁，陆游午夜梦回重游沈园，却找不到唐婉：

路近城南已怕行，沈家园里更伤情。香穿客袖梅花在，绿蘸寺桥春水生。城南小陌又逢春，只见梅花不见人。玉骨久成泉下土，墨痕犹锁壁间尘。

三十岁，陆游与唐婉在沈园相遇。那时双方都已再婚。唐婉的丈夫赵士程非常大度，让人送酒食款待陆游。就是那次，陆游在沈园墙壁上题了那阕千古伤心的《钗头凤》，如今"墨痕犹锁壁间尘"：

红酥手，黄滕酒，满城春色宫墙柳。东风恶，欢情薄。一怀愁绪，几年离索。错、错、错。　春如旧，人空瘦，泪痕红浥鲛绡透。桃花落，闲池阁。山盟虽在，锦书难托。莫、莫、莫！

那次见面后没几年，唐婉便郁郁而终。而陆游，与妻子王氏生下六子，却不曾为她写下一字半句，哪怕前妻已"梦断香消四十年"，"犹吊遗踪一泫然"。

八十四岁，陆游写下最后一首怀念唐婉的诗：

沈家园里花如锦，半是当年识放翁。也信美人终作土，不堪幽梦太匆匆。

最后一句"不堪幽梦太匆匆"，与子敬临终前的"唯忆与郗家离婚"，是一样的遗憾与怅恨。

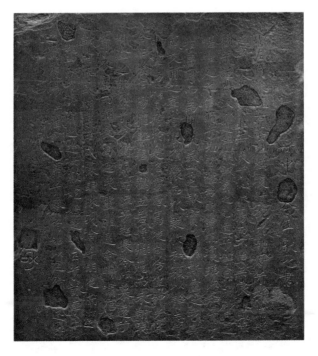

碧玉版《十三行》

爱情是不是有这种可能：辜负了所爱之人，却始终忠实于爱情本身？当然，也有一种可能，就如张爱玲所说："娶了红玫瑰，红的就变成墙上的一抹蚊子血，而白的却是床前明月光；娶了白玫瑰，白的就是衣服上的一粒饭粘子，而红的却是心口的一颗朱砂痣。"

明月前身

一千八百年过去了，曹植当时写给谁已经不太重要，因为《洛神赋》已经成为每个人的情感记忆。

它可能是柳永在画舸上写下的："罗袜凌波成旧恨，有谁更赋惊鸿"；也可能是陈维崧写给弹琵琶词之盲女的："还相调，轻云蔽月，今宵渺渺愁余"；还可能是骆宾王替卢照邻写给郭氏的："流风回雪偬便娟，骥子鱼文实可怜……"

它出现在诗词的文本里；也出现在顾恺之和赵孟頫的图像记忆里；也可能像王献之的《十三行》一样，被铭刻在金石中。

饱受"盗姨"之诟病的朱彝尊，在《洛神赋》里找到了他的精神世界：

> 认丹靸响，下画楼迟。犀梳掠倩人犹未，螺黛浅，俟我乎而。看不足，一日千回，眼转迷离。比肩纵得相随，梦雨难期。密意写折枝朵朵，柔魂递续命丝丝。洛神赋，小字中央，只有侬知。

这里的"洛神赋"，显然说的是王献之的"十三行"。这大概是朱彝尊回忆教小姨子写字时的情景。

朱彝尊十七岁成亲时，小姨子冯寿贞十一岁。这一年清军南下，家国丧乱，破败的朱家已无力承担聘礼，朱彝尊只得入赘冯家。那时他兼职教小姨子读书、写字，"认丹鞋响，下画楼迟"，每当寿贞的小红鞋声响起，他便迟疑着走下画楼。

那个穿红鞋的女孩正在等他，"犀梳掠倩人犹未，螺黛浅"，"看不足，一日千回"。很多年后，他把写给女孩的近百首词，编入自己第一本词集《静志居琴趣》。"静志"二字，正出自《洛神赋》，也是他教她的《十三行》帖："收和颜以静志兮，申礼防以自持。"

这样的隐忍与克制没过几年，朱彝尊便与妻子福贞回到了父亲家。寿贞十九岁出嫁，二十五岁归宁，两人便又有了"渐坐近、越罗裙衩"的相处。

此后战乱未歇，二人还是没有断了音信。在朱彝尊的《好事近·往事记山阴》中，再次出现了"十三行"和"洛神赋"：

> 往事记山阴，风雪镜湖残腊。燕尾香缄小字，十三行封答。中央四角百回看，三岁袖中纳。一自凌波去后，怅神光难舍。

那时的他志在反清复明，事业屡屡碰壁。而寿贞的命运也为这故事更添了几分悲剧色彩。大概二十六七岁时，寿贞的丈夫去世。寿贞积忧病倒，不得不搬回娘家居住。

如果能等寿贞居丧期满，朱彝尊或许能将姊妹同娶。可此时"通海案"发，他不得不从山阴，逃亡到大同。直到寿贞两年后病逝，两人都未再见面。

故事讲到这里，想起金石大师吴昌硕曾刻过一方印，印面为：明月前身。边款文字是：元配章夫人梦中示形，刻此作造像观，老缶记。另一侧边款还有一位女子的肖形印，似回头张望，凌波微步，罗袜生尘。此印 3.4 厘米 ×3.4 厘米 ×6.4 厘米，印顶部署名为：己酉春仲，客吴下，老缶年六十有六。

吴昌硕六十六岁那年（1909），梦到了原配夫人章氏，于是刻下这方印。这是他第二次梦到章氏。章氏与他同县，在吴昌硕十五六岁时与之订婚，那时他还叫吴俊。

［清］吴昌硕刻《明月前身》印章及边款　私人收藏

光绪十年（1884）九月夜，章氏死后二十二年，吴昌硕第一次梦到她。梦醒后写下长诗《感梦》，将章氏的记忆娓娓道来：

秋眠怀旧事，吴天不肯曙。微响动精爽，寒叶落无数。青枫雨冥冥，云黑月未吐。来兮魂之灵，飘忽任烟雾。凉风吹衣袂，徐徐展跬步。相见不疑梦，旧时此荆布。别来千万语，含意苦难诉……

咸丰十年（1860），太平天国东征，江浙遭遇"庚申之劫"，未出嫁的章氏便提前来到吴家。那时，吴昌硕随父辈逃亡，章氏陪行动不便的婆婆留在家中。同治元年（1862）三月，吴昌硕放心不下，跑回家中，母亲却告诉他，章氏已于十天前病逝，就埋在院子里的桂树下：

墙屋一无恙，旧物云烟付。劫火烧不尽，中庭桂之树。我母为我言，是汝葬身处。汝死未及旬，当时记不误。

同治三年（1864），清军攻破南京，战乱结束。吴昌硕返回家中，第一件事就是将章氏重新入葬。然而，家园荒芜，连遗骨都"形迹了无遇"。

章氏去世后十年，吴昌硕才娶施酒（字季仙）为妻。司空图诗云："流水今日，明月前身。"第二次梦到章氏时，吴昌硕便将"明月前身"，与梦中章氏身影，一同刻在金石上。

"美人遗世应如此，明月前身未可知"，像章氏这样美好的女子，她的前世一定是皎洁的明月。

美国作家塞林格在《破碎故事之心》里写："有人认为爱是性，是婚姻，是清晨六点的吻，是生一堆孩子，也许真是这样的。但你知道我怎么想吗？我觉得爱是想触碰又收回的手。"

而对我们的古人来说，爱是"惊鸿照影"、爱是"明月前身"、爱是"流风回雪"，爱是"共眠一舸听秋雨，小簟轻衾各自寒"，爱是通篇没有一个爱字、却句句都是爱。

如果东汉也有乘风破浪的姐姐

我生之初

在《淳化阁帖》一个隐秘的角落里，藏着短短一句话："我生之初尚无为，我生之后汉祚衰"，旁注作者：蔡琰。像是章草到行书过渡的字体，"之"与"后"两字连带，有一些行草书的意味。这句话出自她著名的乐府诗《胡笳十八拍》之第一拍。

这悲怆的诗句，脱胎于《诗经·国风·王风·兔爰》：

有兔爰爰，雉离于罗。我生之初，尚无为；我生之后，逢此百罹。尚寐无吪！

兔是野兔，雉是山鸡。兔性狡猾，就像小人，雉性耿介，就像君子。政治黑暗的年代，小人可以逍遥自由，而君子就会无辜遭难。君子生在这样的时代，还不如长睡不醒！

《毛诗序》曰："《兔爰》，闵周也。桓王失信，诸侯背叛，构怨连祸，王师伤败，君子不乐其生焉。"崔述《读风偶识》又说："其人当生于宣王之末年，王室未骚，是以谓之'无为'。既而幽王昏暴，戎狄侵陵，平王播迁，室家飘荡，是以谓之'逢此百罹'……若以为在桓王之时，则其人当生于平王之世，仳离迁徙之余，岂得反谓之为'无为'？而诸侯之不朝，亦不始于桓王，惟郑于桓王世始不朝耳。其于王室初无所大加损，岂得遂谓之为'百罹''百凶'也哉？"

不管桓王还是幽王，"君子不乐其生"的主题总是没错。诗人喜欢感叹"生不逢时"，可能就是从这时候开始的。蔡琰改成了：

《我生帖》拓本

我生之初尚无为，我生之后汉祚衰；天不仁兮降乱离，地不仁兮使我逢此时。

蔡琰，字文姬，是东汉文人蔡邕的女儿，"博学有才辩，又妙于音律"。史书上没有关于她生卒年月的明确记载，但提到她战乱中被掳至胡地，后被曹操重金赎回。

如果说一个人的命运分为两部分，命是"先天"，运是"后天"。那么，"我生之初"就是命，"我生之后"就是运。与"冯唐易老，李广难封"不同，蔡文姬的"生不逢时"不是时运不济，而是命运多舛。

"我生之初"的蔡文姬堪称"投胎典范"，她出身于陈留望族，今天的河南开封。《三字经》对她的描述是"蔡文姬，能辨琴"，还有一句是"谢道韫，能吟诗"。谢道韫是王羲之的儿媳妇，蔡文姬是蔡邕的女儿。

如果王羲之被称作"书圣"，那么蔡邕可能就是"书仙"。唐人张彦远撰《法书要录》卷一《传授笔法人名》记载：

> 蔡邕受于神人，而传之崔瑗及女文姬。文姬传之钟繇。钟繇传之卫夫人。卫夫人传之王羲之。王羲之传之王献之。王献之传之外甥羊欣。羊欣传之王僧虔。王僧虔传之萧子云。萧子云传之僧智永。智永传之虞世南。世南传之欧阳询。询传之陆柬之。柬之传之侄彦远。彦远传之张旭。旭传之李阳冰。阳冰传徐浩、颜真卿、邬彤、韦玩、崔邈。凡二十有三人。文传终于此矣。

不管这个传承体系是否靠谱，蔡邕在书法史上，都是一个相当重要的人物。据传最早的书论《笔论》也是蔡邕所作：

> 书者，散也。欲书先散怀抱，任情恣性，然后书之。若

迫于事，虽中山兔豪，不能佳也。夫书，先默坐静思，随意
所适，言不出口，气不盈息，沉密神采，如对至尊，则无不
善矣。

蔡文姬家藏书众多，他的父亲最初给汉灵帝校定经书文学，
在天文、数术、辞章、音乐等方面无不精通。熹平四年（175），
蔡邕将六经用隶书写在碑上，立于太学门外，给学习经书的人
作规范。那时不像现在，书法字帖这么多，去太学门外观看和
摹写经书的人塞满了街巷，车马停得水泄不通。这可能是有史
可载的中国历史上第一次堵车。

传说飞白书也是蔡邕发明的，他在鸿都门看到工人用扫帚
涂着白土写字，得到了灵感，融入书法中。

在这样有名的父亲庇护下，蔡文姬自小就被各种光环笼罩：
音乐神童、文学天才、书法世家……九岁时听到父亲蔡邕弹琴，
凭借弦断之音就能马上说出，是哪根弦断了。看到自己女儿这
么有音乐天赋，蔡邕就把自己非常珍视的琴送给了她。这把琴
就是大名鼎鼎的焦尾琴。

《射雕英雄传》里郭襄在少室山林中聆听"昆仑三圣"何
足道以琴作乐，弹的正是焦尾琴。传说这把琴是蔡邕"亡命江
海、远迹吴会"时，从火中抢救出了一段燃烧声音很不同的梧
桐木，制成的琴。因琴尾尚留有焦痕，就取名为"焦尾"。

别家孩子十几岁可能还未识字，蔡文姬已经诗书礼乐无不
通晓了。如果不是生逢乱世，作为一个神童，蔡文姬的童年足
够写上十本《陈留女孩蔡文姬》。她的爸妈也早该把她拎着四

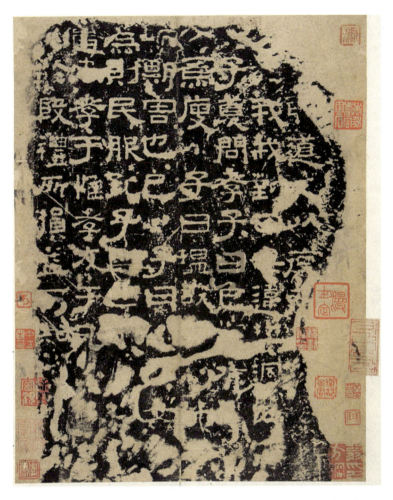

《熹平石经残石拓本》　纵 29.2cm 横：11.8cm、22.4cm、12.5cm　故宫博物院藏残石
现藏河南洛阳博物馆、偃师商城博物馆、陕西西安碑林博物馆等处

处开讲座，讲演如何教育子女，开一个"成功学"的专修班了。

我生之后

可她的婚姻之路并不顺利。

曹植《弃妇篇》里写："拊心长叹息，无子当归宁。"蔡文姬十六岁时初嫁河东卫氏卫仲道，却因夫亡无子而归宁于家。

父亲的去世大概也发生在这前后。初平三年（192）董卓被杀，蔡邕当着王允的面叹息，结果被下狱。当时蔡邕正打算写汉史，已经写成的篇章已一百多。很多大臣帮他申辩，说蔡邕死了，谁来书写汉史呢？可他终未幸免，死于狱中，时年六十一岁。

东汉末年，诸侯混战、异族入侵，"我生之后"的蔡文姬，命运急转直下。

先是董卓焚烧洛阳，强迫君臣百姓西迁长安，中原地区陷入混战。兴平年间（194—195），董卓部下余兵被南匈奴左贤王所破，蔡文姬也在这次战乱中落入胡人之手。在五言体《悲愤诗》里，蔡文姬这样描写这段历史：

> 卓众来东下，金甲耀日光。平土人脆弱，来兵皆胡羌。猎野围城邑，所向悉破亡。斩截无孑遗，尸骸相撑拒。马边悬男头，马后载妇女。长驱西入关，迥路险且阻。还顾邈冥冥，肝脾为烂腐。所略有万计，不得令屯聚。或有骨肉俱，

欲言不敢语。失意几微间，辄言毙降虏。要当以亭刃，我
曹不活汝。岂复惜性命，不堪其詈骂。或便加棰杖，毒痛
参并下。旦则号泣行，夜则悲吟坐。欲死不能得，欲生无一
可……

天下丧乱，胡骑所到之处，疯狂杀戮，尸骸相交；马上挂
着男人的头颅，马后捆着抢来的妇女；亲人偶然相见，想说话
而不敢言语；稍不如意便被斩杀，还要忍受他们的辱骂；或是
棍棒毒打，或是连骂带打；想死死不了，想生却没有一点希
望……这样的场面如果不是亲身经历，很难描述。

正所谓"文章憎命达，魑魅喜人过"，如果只是在神童的
轨迹上行走，蔡文姬无法写出《胡笳十八拍》和《悲愤诗》
这样留传后世的作品。唐人在诗里把蔡文姬比作大义和亲的
明妃：

蔡琰没去造胡笳，苏武归来持汉节。（李益《塞下曲》）
胡笳悲蔡琰，汉使泣明妃。（李敬方《太和公主还宫》）
明妃愁中汉使回，蔡琰愁处胡笳哀。（顾况《刘禅奴弹
琵琶歌》）

史书上说她"没于左贤王"，"没"这个词一般用于俘虏，
可见她的地位，跟和亲的王昭君无法相提并论。"在胡中十二年，
生二子。"短短九个字，概括了蔡文姬的第二次婚姻。

《胡笳十八拍》从十二拍起，都是蔡文姬对儿子的思念：

忽逢汉使兮称近诏，遗千金兮赎妾身。喜得生还兮逢圣君，嗟别稚子兮会无因。（十二拍）

愁为子兮日无光辉，焉得羽翼兮将汝归。一步一远兮足难移，魂销影绝兮恩爱遗。（十三拍）

山高地阔兮见汝无期，更深夜阑兮梦汝来斯。梦中执手兮一喜一悲，觉后痛吾心兮无休歇时。（十四拍）

第十二拍喜中有哀，喜的是汉使带着诏书和千金来为她赎身，哀的是她与幼子从此再无相聚之日。第十三拍母子分开，肝肠寸断。第十四拍思念幼子无穷期，从此"同天隔越兮如商参，生死不相知兮何处寻"。

《文姬归汉图》 ［金］张瑀 丝本 29cm×127cm 吉林省博物院藏

文姬归汉也是后世文人常创作的题材。吉林省博物院有一幅金代画家张瑀的《文姬归汉图》，就是蔡文姬回归的场面。"儿前抱我颈，问母欲何之。人言母当去，岂复有还时。"《悲愤诗》里的这个矛盾复杂的心绪，被张瑀通过母马和小马驹的图画表现出来。

　　《文姬归汉图》里的蔡文姬，目光坚定，不惧风沙，有一只小马驹跟在队伍里。可见回家的道路如此漫长，母马在路上诞下了小马，而马儿尚且能母子不分，蔡文姬却要骨肉分离。

　　不仅如此，"兼有同时辈，相送告离别。慕我独得归，哀叫声摧裂。"一起被掳掠来的同伴向她告别，羡慕她能够回去，哀叫声让人心肺欲裂。

缺失的身份

曹操感念蔡邕之旧谊，不仅用重金赎回蔡文姬，还为她包办了第三次婚姻。"曹操素与邕善，痛其无嗣，乃遣使者以金璧赎之，而重嫁于祀。"五言《悲愤诗》最后写：

> 托命于新人，竭心自勖励。流离成鄙贱，常恐复捐废。人生几何时，怀忧终年岁。

史料的记载到这里就结束了，蔡文姬之后的身世成了一个谜。《隋书·经籍志》著录南朝梁有"后汉董祀妻蔡文姬集一卷"，但宋代已经失传。欧阳询等人所辑《艺文类聚》有丁廙《蔡伯喈女赋》（蔡邕，字伯喈）一篇，也只是提到她十六岁出嫁、夫丧归家、后被掳胡地十二年这段经历。"我生之初尚无为，我生之后汉祚衰"——对于《我生帖》残存的这两句，黄庭坚的比喻最形象："仅余两句，亦似斯人身世邪！"

可蔡文姬与董祀的故事，后世仍在续写。在郭沫若的话剧《蔡文姬》和连环画《三国演义》里，董祀是曹操身边的一个小跟班，表面上看曹操撮合蔡文姬与董祀，促成一段佳话。可仔细想一想，蔡文姬归汉时已经三十多岁，而董祀还是一个二十多岁的屯田都尉，这段年龄相差巨大的姐弟恋，即使放到现在仍会引发人们无限话题，更别说是两千年前的汉朝。

蔡文姬的父亲是汉朝高官，前夫是外国王爷，前前夫是士族门阀，而董祀呢？只是曹操手下的一名屯田都尉，不过是个领着六百人种地的小官，充其量相当于今天的村民居委会主任。

后人续写的爱情故事很美好，可实际上，只是为了衬托曹操的浩大恩泽和伟岸形象，成为政治宣传的需要罢了。那时班昭的《女诫》滥觞，三从四德盛行，丈夫可以再娶，妻子不能再嫁。与蔡文姬同在《后汉书》里的"列女"们，一半以上都是以自杀"入选"。蔡文姬并不是没有受到这些思想的影响，所以她在《胡笳十八拍》里写道：

> 我非食生而恶死，不能捐身兮心有以。生仍冀得兮归桑梓，死当埋骨兮长已矣。日居月诸兮在戎垒，胡人宠我兮有二子。鞠之育之兮不羞耻，愍之念之兮生长边鄙。

不是她贪生怕死才活到现在，而是活着才有希望回到故乡，死后葬于故土才能安心。她为胡人丈夫生了两个孩子，养育他们并不觉得羞耻，反倒是觉得生在边境苦了孩子。

她的不快乐也很明显，除了感叹"人生几何时，怀忧终年岁"，还有"人生倏忽兮如白驹之过隙，然不得欢乐兮当我之盛年"。

一千七百年后，法国作家埃莱娜·西苏在《美杜莎的笑声》里写："妇女必须把自己写进文本——就像通过自己的奋斗嵌入世界和历史一样。"蔡文姬就是通过写作，把自己的身世与号啕，写进历史与文学。

可就是这样一位女性，在正史里只能以"董祀妻"的身份存在，哪怕《后汉书》里并没有董祀的传记。《后汉书》里的董祀是依附于蔡文姬出现的，作者范晔对他的笔墨也惜字如金："为屯田都尉，犯法当死"，蔡文姬"蓬首徒行"为其向曹操求情，才救了他的性命。可董祀之后的命运，书里并没有交代，范晔着重描写的是蔡文姬默写父亲蔡邕藏书（或著作）的记录：

> 操因问曰："闻夫人家先多坟籍，犹能忆识之不？"文姬曰："昔亡父赐书四千许卷，流离涂炭，周有存者。今所诵忆，裁四百余篇耳。"操曰："今当使十吏就夫人写之。"文姬曰："妾闻男女之别，礼不亲授。乞给纸笔，真草唯命。"于是缮书送之，文无遗误。

这才是蔡文姬被写入历史的真正原因，在男性社会中，女性只有通过才华和写作，才有可能摧毁等级和清宫戒律。

后人评说

能够在正史中发言或书写自我的女性，在明清之前寥寥可数。也正因如此，近千年来关于蔡文姬的质疑从未停止过。

她的传世之诗有三篇，分别是五言体和骚体的《悲愤诗》，以及乐府《胡笳十八拍》。北宋以来，便有这些作品是否为蔡文姬所作之争论。苏轼就觉得五言《悲愤诗》不像蔡文姬所作，一个重要的理由就是，那时建安七子还没有开始写五言诗，蔡文姬不可能在他们之前。

虽然蔡居厚的《蔡宽夫诗话》反驳了苏轼的观点，但大文豪强大的影响力仍然渗透千年。直到近代梁启超指出："这首诗与《十九首》及建安七子诸作，体势韵味都不一样，这是因文姬身世所经历特别与人不同，所以能发此异彩，与时代风尚无关。"算是间接回应了苏轼的疑问。

而作为战俘的蔡文姬，更是因为其女性身份，遭遇了近千年的指指点点。

《史通》的作者刘知几就质疑范晔的治史标准，他说秦嘉之妻徐氏，毁形不嫁，才是"才德兼美者也"，而董祀妻蔡氏，为胡人生了孩子，受了胡人侮辱，只能是"文词有余，节概不足"。但徐氏这样从一而终、贞烈寡妇之典范不能入选，而选了蔡文姬这种文采焕然却失去节操的女人，"列女"的标准是什么？

南宋诗人林景熙题画诗《蔡琰归汉图》："惜哉辨琴智，不辨华与夷。纵怜形势迫，难掩节与亏。"意思是，蔡文姬能辨琴，怎么分不出胡人与汉人？

宋人刘克庄就更加刻薄，对于《后汉书》中蔡文姬默写父亲藏书的那段，他说，蔡琰对曹操表示"男女之别"，却不能免为胡人之妻，犹如《孟子·尽心上》所说，不服丧三年，却计较三五个月的缌麻、小功等丧服，简直不明轻重。

朱熹的《楚辞后语》倒是收录了《胡笳十八拍》，也承认其为蔡琰所作，但他专门说明"今录此词，非恕琰也，亦以甚雄之恶云尔。"他并不是宽恕蔡文姬的失节之耻，只是为了批判写《反离骚》的扬雄，还不如一个女流之辈。

从历史上来看，越是认真、忠实地实行这些观点、训条的女性，就越没有活路。即使才华如蔡文姬、李清照，也难以摆脱其性别的从属身份，和因亡夫或数嫁引发的道德审判。直到近代公开出版的文学史中，才不见有人以"不能死节"来贬损责难蔡文姬。

但也有人抛开性别偏见与节操滤镜，以集句、模仿的形式向蔡文姬致敬。王安石开创了宋代文人《胡笳十八拍》创作集句诗的先河，除了引用蔡琰的原诗，他还用杜甫等人的诗重组，为蔡琰的"以诗为史"代言。直至清代，诗人沈德潜甚至为蔡琰找到杜甫当"继承人"，把杜甫的《北征》《自京赴奉先县咏怀五百字》视为《悲愤诗》的续作。

书法史上的蔡文姬也是不能忽视的存在，不仅仅是因为宋代刻帖中疑似她留下的这两句。古今书论在讨论八分书体时，都会援引《古今书苑》中蔡文姬的话："臣父造八分，割程隶八分取二分，割李篆二分取八分。"

明代谭元春《古诗归》里注："一别经史胸中，一双古今明眼，作此辱事，读其所自言，又觉不忍鄙之，反增怜惜而已。"在世时历尽悲惨遭遇，死后更是饱受嘲讽，蔡文姬的悲怆与苦难，唯有文字能够铭刻。

历史的洪流之中，个人的命运不堪一击。但即使是太平盛世，也有"屈贾谊于长沙""窜梁鸿于海曲"，即使生逢乱世，也有蔡文姬这样风华绝代的奇女子。她以乘风破浪的姿态在红尘里绽放，低吟浅唱着自己的绝世传奇。

子敬与少年

献之书裙

一千六百多年前的一个夏日午后，少年在榻上沉睡。一位风度翩翩的中年男子无意闯入，他的目光落在少年腰间那条新绢裙上，如云朵般轻盈，在阳光下闪着淡淡的光。男子被吸引，信手拿起一旁案上的笔砚，墨迹在少年的腰胯与腿股间流淌……

那一刻，时间仿凝固了。窗外是否有蝉声，是不是有微风划过帘影并不重要，一切都沉浸在少年那深沉而宁静的睡梦之中。男子兴尽，搁笔而去。而少年，醒来之后悟得笔法，终成一代书家。

听起来像是"神人传授书法"的传说，但《尧山堂外纪》却记载了这个故事。这个少年叫羊欣，为他书写裙带的不是别人，正是王献之。

《中秋帖》 ［晋］王献之（传）
纸本手卷 27cm×11.9cm
故宫博物院藏

王献之为吴兴太守，羊不疑为乌程县令，其子欣时年十二，王甚知爱之。尝夏日入县，欣著新练裙昼寝，子敬书数幅而去。欣本攻书，因之弥善。欣尤长于隶书，子敬之后，可以独步。时人语曰："买王得羊，不失所望。"

王献之字子敬，是王羲之最小的儿子。他跟随谢安走上仕途，官至中书令，后世常称他为"大令"。他担任吴兴太守时，羊欣的父亲羊不疑是吴兴下属乌程县的县令。那次"神交"（如果这也算一种教学方式）之后，羊欣书法精进。传说王献之有个狂热粉丝叫桓玄，在被刘裕部下追杀时，把所藏宝物法书统统倒进滚滚长江。所以到了南朝宋、齐年间，市井有"买王得羊，不失所望"的谚语，王献之的传世作品已经很少，买到羊欣的书法也能满意了。

虽然不知一千六百年前的书裙为何体，但在我的想象中，裙裳褶皱，笔势连绵，数幅之中自然少不了王献之最得意的一笔书。

"一笔书"是后人起的名字，米芾称其为"运笔如火箸划灰，连属无端末，如不经意"。唐人张彦远《历代名画记·论顾陆张吴用笔》云：

"昔张芝学崔瑗、杜度草书之法，因而变之，以成今草书之体势，一笔而成，气脉通连，隔行不断。唯王子敬明其深旨，故行首之字，往往继其前行，世上谓之'一笔书'。"

乾隆的偏爱

现在收藏于故宫博物院的《中秋帖》，就是一笔书。

说它是一笔书，可能没什么争议，可如果说它是王献之的一笔书，很多人都不相信。除了乾隆。

《中秋帖》是乾隆皇帝最珍贵的墨宝之一，专门将它从御书房拿出来，跟王羲之的《快雪时晴帖》、王珣的《伯远帖》一起，放在三希堂。它只有二十二个字，且没有署名，语义模糊很难句读。释文曰：

中秋不复不得相还为即甚省如何然胜人何庆等大军。

在董其昌看来，《中秋帖》就是王献之的《十二月帖》，只是某些字被割剪，强行解读是非常可笑的。"米老尝云，人得大令书，割剪一二字售。诸好事者，以此古帖每不可读，后人强为牵合，深可笑也。"在《宝晋斋法帖》中，有完整的《十二月帖》刻本，其文曰：

十二月割至不？中秋，不复不得相。未复还，悯理为即甚，省如何？然胜人何庆等大军。

宝晋斋是米芾的斋号，因为他藏有四件晋帖和两幅晋画。有了董其昌的背书，乾隆特别自信地在《中秋帖》上题跋：

乾隆在《中秋帖》后题写《拟中秋帖子词一卷》

　　大内藏大令墨迹，多属唐人钩填，惟是卷真迹，二十二字，神采如新，洵希世宝也。向贮御书房，今贮三希堂中。乾隆丙寅二月御识。

　　其实，在乾隆之前，就有很多人质疑《中秋帖》的真实性。明人张丑认为，这是《十二月帖》的唐人临本；清初的吴升断定是米芾所临。当然还有一种可能性，就是某位学王献之和米芾都很像的高手所临。

　　乾隆显然并不在意"世俗"的眼光，毕竟到了这时，谁也没有见过王献之的真迹。而且，《中秋帖》确实具备很多王献之的特征：行书与草书相杂、字尾与字首相接，比起《十二月帖》的刻本，墨迹更能清晰地体现一笔书的特征。

然而，就像《快雪时晴帖》上的七十余次题跋一样，乾隆在《中秋帖》的跋文也极少与书法有关。《快雪时晴帖》就像乾隆时期的气象报告，题跋大多与降雪日和农情有关。而《中秋帖》则是君臣同乐的见证。自丙寅（1746）岁起，乾隆在帖后题写《拟中秋帖子词一卷》，之后十四年里又自叠前韵，作了九首中秋帖子词，还命臣工和诗绘画。只不过，由于各种原因，这九首并未题于卷上。

中秋之际，大臣们和诗绘画自然要拍拍皇帝的马屁，彰显其功绩。所以，到了乾隆这里，《中秋帖》可能跟书法没多大关系，倒是跟中秋有很大关系。

公公的裙带

继续说回王献之。"白衣与少年"还有后续，《图书会粹》记载了这样一个故事：

> 子敬好书，触遇造玄。有一好事年少，故作精白纸械，著往诣子敬。便取械书之，草正诸体悉备，两袖及标略周，自叹北来之合。年少觉王左右有凌夺之色，如是掣械而走。左右果逐及于门外，斗争分裂，少年才得一袖而已。

"触遇造玄"这词用得贴切，艺术家气质在王献之身上体现得淋漓尽致。他年少时在外玩耍，被一面白净可爱的新白土壁吸引，便令人取了扫帚，沾了点泥汁，在墙壁上写下方丈大的字。那时人们觉得新奇，纷纷来参观，惊动了会稽内史王羲之。王羲之看后连连赞叹，问是谁所作。旁人答：就是你家七郎啊！

于是，就有这样一个有点小聪明的少年，大概了解一点王献之的癖性，用上好的材料（纸或帛），做了一件白衣，穿着去见他。果然，艺术家一见此景，创作灵感如春花般勃发。他取下"白衣"，挥毫泼墨，不仅"草正诸体悉备"，连双袖都未能幸免。还不过瘾，又转战衣缘的镶边。

而在这故事的精彩在于转折之处，颇有心机的少年忽然觉察气氛紧张，王献之的门生们已流露出劫掠之意。说时迟那时快，艺术家意犹未尽之时，少年却鲁莽地从他笔下将长衣掣走，转身逃去……一场激烈的抢夺过后，少年只保住了一只袖子。

之后，献之书裙也成为一个典故，出现在后世文人的诗词中。唐人徐夤一首《山阴故事》，写尽二王父子：

坦腹夫君不可逢，千年犹在播英风。红鹅化鹤青天远，彩笔成龙绿水空。爱竹只应怜直节，书裙多是为奇童。吹笙缑岭登山后，东注清流岂有穷。

到了宋代，书裙成了一场大型文学活动，书裙的对象也从少年变成了女性。从赵长卿的词《临江仙·赏花》可以看出，宋代文人的书裙往往发生在酒浓花艳之际：

忆昔去年花下饮，团栾争看酴醾。酒浓花艳两相宜。醉中尝记得，裙带写新诗。　　还是春光惊已暮，此身犹在天涯。断肠无奈苦相思。忧心徒耿耿，分付与他谁。

苏轼曾为小妾朝云作词：

白发苍颜，正是维摩境界。空方丈、散花何碍。朱唇箸点，更髻鬟生彩。这些个，千生万生只在。　　好事心肠，著人情态。闲窗下、敛云凝黛。明朝端午，待学纫兰为佩。寻一首好诗，要书裙带。

黄庭坚更是如此，"鲁直每遇家妓，辄书裙带，今乃题卷，犹故态也"。

而且，这种书裙活动大多发生在端午、中秋这类重大节日。宋人吴文英就在《澡兰香·淮安重午》中怀念少年情事，写道："为当时曾写榴裙，伤心红绡褪萼。"苏轼的另一门生李之仪在《端午》诗里写："清歌尚记书裙带，旧恨安能吊放臣。"

据说有一年中秋，皇宫的赏月宫宴结束后，宋神宗与在翰林院值夜班的王珪讨论文学。聊到三更，皇帝兴致甚浓，便让左右宫嫔都来请王珪题诗，王珪便将诗写在领巾、裙带，或团扇、手帕上。

苏轼有一场"春梦"就是因此而发，梦中唐玄宗命他为杨贵妃的裙带题诗，醒后仍然记忆犹新，便作：

百叠漪漪风皱，六铢纵纵云轻。植立含风广殿，微闻环佩摇声。

诗名就叫《梦中赋裙带》。可是，在女性裙带写诗，总免不了暧昧色彩。如果清丽之词还好，若是粗俗之语，可能会引来大祸。

北宋有个书法家叫沈辽，"长于歌诗，尤工翰墨"，王安石都学习他的字。他成名后偶尔会书裙鬻文，但内容不太典雅。有次宋神宗翻了一个妃子的牌子，这位妃子很是激动，就想给皇帝留点深刻印象。她想起不久前收到一位公公送的裙带，上面还有题诗，穿上皇帝一定喜欢。没想到，宋神宗看到后勃然大怒，读书人在裙带上写这样的诗成何体统？便命人暗中调查，最后查到沈辽头上。其实，沈辽也没想到，自己写的裙带被辗转售卖，竟到了皇帝的妃子身上。他也因此被罢官发配。

一笔书

说回一笔书。王献之之后，一笔书开始被唐人发扬光大。杜甫在《观公孙大娘弟子舞剑器行》序里写：

昔者吴人张旭，善草书帖，数常于邺县见公孙大娘舞西河剑器，自此草书长进，豪荡感激，即公孙可知矣。

《肚痛帖》拓本

张旭从公孙大娘的剑法中学到了什么？宋人朱长文《续书断》记载：

> 尝见公出担夫争路而入，又闻鼓吹而得笔法之意，后观倡公孙舞西河剑器而得其神，由是笔迹大进。

他看见着急赶路的挑夫，懂避让才得通过；又看到公孙大娘舞剑，化有形为无形；触类旁通，用在了草书的章法和使转中。张旭就是把王献之的一笔书发扬光大的人。唐人李颀有诗《赠张旭》云：

> 张公性嗜酒，豁达无所营。皓首穷草隶，时称太湖精。

露顶据胡床，长叫三五声。兴来洒素壁，挥笔如流星。下舍风萧条，寒草满户庭。问家何所有，生事如浮萍。

左手持蟹螯，右手执丹经。瞪目视霄汉，不知醉与醒。诸宾且方坐，旭日临东城。荷叶裹江鱼，白瓯贮香粳。微禄心不屑，放神于八纮。时人不识者，即是安期生。

据说他每当大醉，常呼叫奔走，索笔挥洒，甚至以头濡墨而书。醒后自视手迹，以为神异，不可复得。杜甫在《饮中八仙歌》里专门刻画了他酒后挥毫作书的场景："张旭三杯草圣传，脱帽露顶王公前，挥毫落纸如云烟。"

西安碑林藏有张旭《肚痛帖》刻本，可能是他为自己开的"药方"。开头说："忽肚痛不可堪，不知是冷热所致，"前三个字还是字字独立的章草，从"不"开始就成了连绵的一笔狂草，墨尽方再起笔，很像王献之的《廿九日帖》。

"老张书已颠，醉素心通天"，张旭之后，又有怀素。李白诗云：

少年上人号怀素，草书天下称独步。墨池飞出北溟鱼，笔锋杀尽中山兔。八月九月天气凉，酒徒词客满高堂。笺麻素绢排数箱，宣州石砚墨色光。吾师醉后倚绳床，须臾扫尽数千张。

飘风骤雨惊飒飒，落花飞雪何茫茫！起来向壁不停手，一行数字大如斗。怳怳如闻神鬼惊，时时只见龙蛇走。左盘右蹙如惊电，状同楚汉相攻战。湖南七郡凡几家，家家屏障

《自叙帖卷》　〔唐〕怀素　纸本　28.3cm×775cm　台北故宫博物院藏　首六行
早损为宋苏舜钦补书

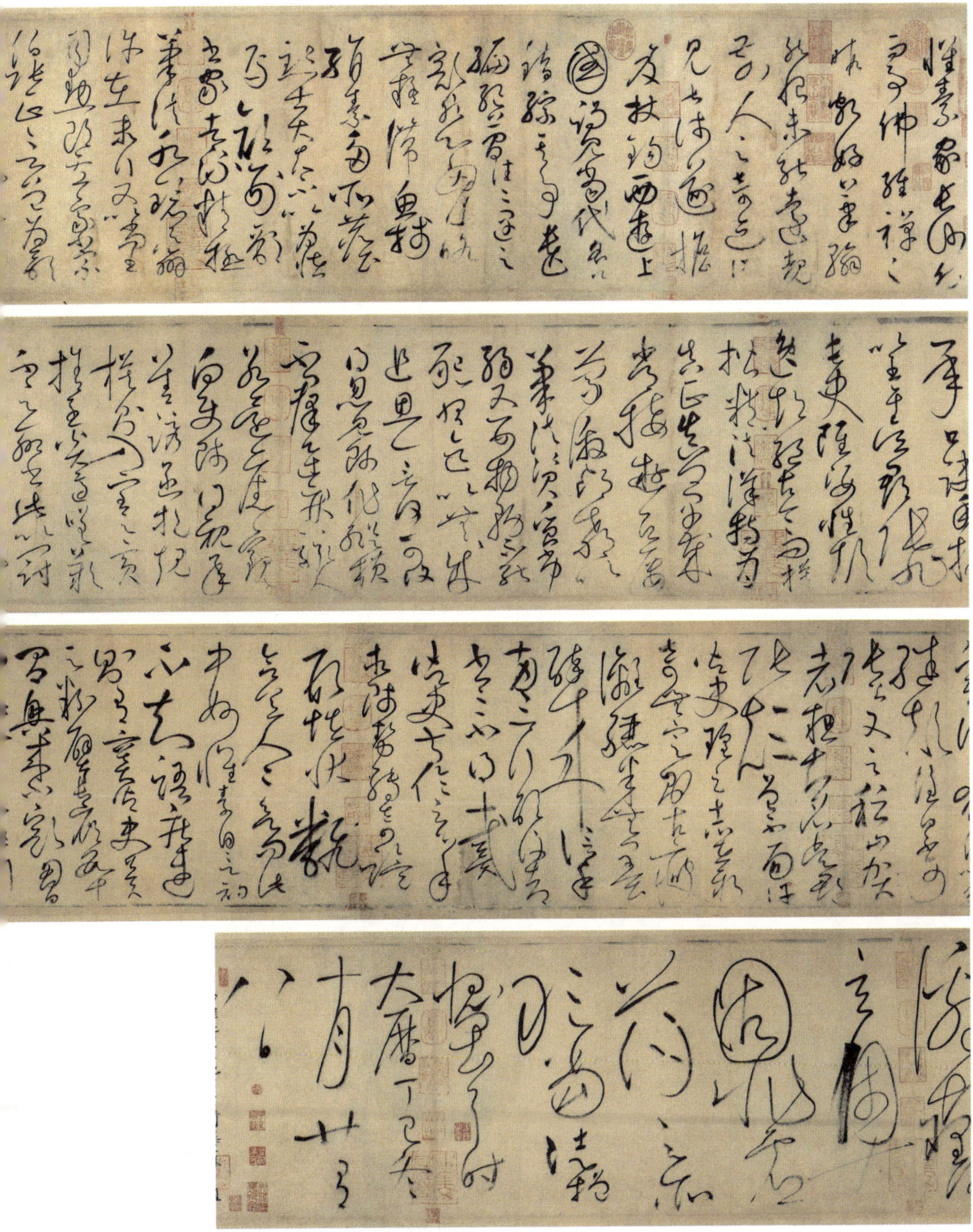

书题遍。

　　王逸少，张伯英，古来几许浪得名。张颠老死不足数，我师此义不师古。古来万事贵天生，何必要公孙大娘浑脱舞。

好家伙！比起少年怀素，王羲之、张芝、张旭那都不算啥。可能是因为打击面太广，这首诗怀素都没好意思收到《自叙帖》里。《自叙帖》有引御史戴书伦云：

　　心手相师势转奇，诡形怪状翻合宜。人人欲问此中妙，怀素自言初不知。

"怀素自言初不知"当然是自谦，但从某种意义上说，可能也是怀素的创作心得。怀素创作时，可能也不知道他会写成什么样。就像《自叙帖》的开头，可能有些拘谨，但随着情感变化，越来越放松，甚至放纵。顺势而为，也许就是草书的精神所在。

　　怀素之后，又有黄庭坚、米芾、祝允明、董其昌、徐渭、王铎……不断更新改造着一笔书。直到清代，在沈曾植的章草里，还能看到一笔书的影子。

　　一千六百多年前，子敬走进少年羊欣的"梦"中，未交一言。一笔书的玄妙，也许就在这"岩上无心云相逐"的世代更迭里。